LES

MISSIONNAIRES,

PAR DE ROUGEMONT.

TOME SECOND.

PARIS.

T.e GRANDIN, LIBRAIRE,

rue du Cloître Saint-Benoît, n°. 12.

1820.

LES

MISSIONNAIRES.

II.

Les formalités voulues par la lloi ayant été remplies, je poursuivrai toout contrefacteur.

DE L'IMPRIMERIE D'A. BERAUD,,
Rue Saint-Denis, n°. 374.

LES
MISSIONNAIRES,

OU

La Famille Duplessis;

PAR DE ROUGEMONT,

AUTEUR DU RÔDEUR FRANÇAIS, DU BONHOMME, etc.

J'ai vu les mœurs de mon temps,
et j'ai publié *cet ouvrage.*
J.-J. ROUSSEAU.

TOME SECOND.

A PARIS;

CHEZ { GRANDIN, Libraire, rue du
Cloître Saint-Benoît, n°. 12;
DELAUNAY et PONTHIEU, Li-
braires, Palais-Royal, galeries de
Bois.

1820.

LES

MISSIONNAIRES.

CHAPITRE XIII.

Les Comédiens en ambassade.

—

La morale des Missionnaires ne pouvait manquer de porter le trouble et le désordre dans plusieurs familles de Rochefort. Leurs conférences avaient rappelé des époques fâcheuses, et détruit la sécurité de quelques vieux habitans, qui voyaient les erreurs de leur jeunesse exhumées par l'intolérance des RR. PP. Les haines,

II.   1

que le temps avait assoupies, se réveillaient avec plus de force que jamais, et le désir de se venger commençait à prendre racine dans des cœurs qui, depuis long-temps, avaient oublié l'offense.

L'usurier Borel n'eut point à se plaindre de sa confession publique. Le nombre des dupes qui recoururent à lui, fut doublé, ainsi que l'avait prévu M. Monsorand, qui lui avait procuré cette bonne aubaine : il trouva même le moyen d'augmenter le prix de son argent, parce que, disait-il, une portion de l'intérêt qu'il prenait était réservée pour les pauvres, et qu'en conscience il ne pouvait pas y mettre du sien. Borel avait, comme on voit, ajouté une nouvelle branche d'industrie à son commerce, il faisait l'usure et la charité.

Le directeur du spectacle souffrait beaucoup du séjour des Missionnaires : la salle était continuellement déserte ; il avait beau redoubler de zèle, s'empresser d'offrir à la curiosité des habitans les nouveautés qui avaient brillé sur les divers théâtres de la capitale : rien ne lui réussissait, ses recettes étaient nulles. La foule abandonnait *le petit Chaperon-Rouge et la Fille d'Honneur*, pour courir aux Missionnaires. On n'était pas devenu plus dévôt, mais plus craintif ; on sacrifiait à la peur d'être remarqué par de certains voisins, noté par de certaines voisines ; et l'on se privait d'un plaisir, dans la crainte d'une persécution.

Après avoir épuisé toutes ses ressources, tourmenté les autorités sans en avoir rien obtenu, sollicité du propriétaire de la salle, qui était un des plus zélés partisans des Missionnaires, la diminunution du prix du loyer qu'il lui refusa, le directeur du spectacle résolut de s'adresser lui-même au père Gaspard : mais comment lui présenter sa requête ? et à quel titre se faire introduire chez lui ? La chose paraissait assez difficile ; cependant, en y réfléchissant bien, le directeur crut entrevoir un moyen de se faire ouvrir la porte, et de rendre sa visite agréable aux Religieux.

Il convoque toute sa troupe pour la distribution d'une pièce nouvelle : les intérêts de l'amour-

propre lui garantissent l'exactitude
de ses pensionnaires. En effet, peut-
on manquer de se trouver là, pour
refuser un mauvais rôle, qui n'est
jamais de notre emploi, ou pour en
réclamer un bon qui est presque
toujours de l'emploi de tout le
monde ? Ne faut-il pas être là pour
soutenir ses droits contre l'intrigue,
car il y a aussi de l'intrigue dans les
coulisses, pour appuyer les droits
d'un ami, dont la médiocrité fait
valoir notre talent, pour se liguer
contre tels ou tels, qui se sont
fait des partis en ville, et dont
cependant le mérite est bien mince
en comparaison du nôtre ? Et puis,
la première amoureuse veut choisir
ses acteurs ; le premier rôle ne veut
plus jouer avec sa femme, parce
qu'elle le refroidit en scène ; le père

noble lui-même a ses comédiens de prédilection : bref, personne ne s'était dispensé d'obéir à la convocation, et la réunion se trouvait au grand complet.

Mes amis, dit M. St.-Martin, c'est le nom du directeur, l'objet qui nous rassemble est de la plus haute importance : ce début sérieux alarma toute la troupe, qui crut voir une banqueroute au bout de ces paroles. — Il ne s'agit pas d'une pièce nouvelle, dit en se mordant les lèvres la première chanteuse ? ah ! si j'avais su cela !... — Et moi, dit l'*Ingénue*. — Et moi, dit le *Colin*... — Et moi, dit tout le monde... Le Directeur continua : Depuis le commencement de la Mission, nos recettes ont tellement baissé, que je n'ai jamais pu parvenir à faire

mes frais ; les efforts que nous
avons faits jusqu'à présent pour
lutter contre les Missionnaires, ont
été infructueux. L'heure qu'ils ont
choisie pour prêcher, étant précisément celle où nous jouons la comédie, il en résulte que les dévots
et les hypocrites ne viennent plus
chez nous. L'anathème lancé par
les Religieux, contre les spectacles,
a effrayé les âmes faibles : l'un
tient à sa place, l'autre à sa famille ;
celui-ci veut avoir la paix dans son
ménage, celui-là ajourne prudemment son plaisir après le départ
des RR. PP. : beaucoup règlent leur
conduite d'après celle de l'autorité, et depuis qu'ils ont vu le Com-
mandant de la place assister à la
procession, ils ont cessé d'aller à la
comédie. On ne partage pas l'opi-

nion sévère des Missionnaires ; et pourtant on s'y soumet ; dans la crainte d'être obligé de la combattre ; on se fait fanatique, pour montrer qu'on a de la religion.

J'ai cherché les moyens de sortir de la triste situation dans laquelle nous sommes ; j'en ai trouvé quelques-uns que je croyais excellens, parce qu'ils étaient justes ; ils ne m'ont pas réussi. J'avais l'intention d'appeler à mon secours quelques grands acteurs de Paris ; mais comment leur donner beaucoup d'argent, quand je n'en fais pas : leur passage a, d'ailleurs, un grave inconvénient, et le souvenir qu'ils laissent après eux !... A ce mot, une expression dédaigneuse vint se réfléchir sur tous les visages : mais personne n'osa se charger d'interprêter tout haut la crainte qu'avait exprimée le Directeur. M. St.-Martin poursuivit : Il ne me reste qu'un seul espoir, c'est d'aller plaider notre cause auprès des Missionnaires. — Et vous iriez?... s'écria la duègne. — Pourquoi pas? Les deux religieux ne nous connaissant point, ne sauraient être nos ennemis personnels! — La singulière idée! reprit la maligne soubrette, qui éclatait de rire à la seule pensée d'une entrevue possible entre ces personnages d'une profession si opposée. — Mais, pour me rendre plus favorable les RR. PP. de la Foi, j'ai besoin de votre assistance, et je vous ai réunis non-seulement pour vous faire part de mon projet, mais encore pour que vous me procuriez les moyens de le mettre à execution. — Nous !... et comment ? Rien de plus facile ; et sur-le-champ le Directeur s'empara du bras de la plus jolie actrice de la troupe, et, le chapeau à la main, ils firent ensemble le tour de l'assemblée, disant à chacun de ceux devant lesquels ils s'arrêtaient : Nous quêtons pour les Missionnaires.

A travers les ris, les sarcasmes, les quolibets qui accueillaient cette singulière demande, les quêteurs recueillirent une centaine de francs, auxquels le Directeur ajouta une somme à-peu-près égale. On décida qu'à l'instant même M. St.-Martin se rendrait auprès des bons Pères : deux ou trois dames auraient bien voulu l'accompagner, mais il était jour, on craignait le scandale ; et il aurait été imprudent de risquer d'offenser ceux dont on allait réclamer les bons offices.

Le Directeur, qui se garda bien de décliner sa qualité, entra dans l'anti-chambre des religieux, où quelques personnes arrivées avant lui attendaient le moment favorable pour être admis à l'audience du père Gaspard : la sœur Marie-Victoire leur aidait à prendre patience, en causant avec elles. On se faisait un devoir d'exagérer à ses yeux les succès de la Mission, et M. St.-Martin fut tout étonné d'entendre dire, à ses côtés, que jamais la ville n'avait été plus heureuse, le commerce plus florissant, et les habitans plus unis, que depuis l'arrivée de la caravane religieuse.

Son tour vint enfin d'être introduit auprès de Gaspard : — Mon
père, lui dit-il, je viens en mon
nom, et au nom de mes pensionnaires, remettre entre vos mains
le produit d'une quête que nous
avons faite pour le soulagement
des malheureux, et l'entretien des
ministres de la religion. — Soyez
le bien venu, mon frère, répondit
le Religieux : nous éprouvons, tous
les jours, que le Ciel veille aux besoins de ceux qui placent en lui leur
confiance : Dieu vous récompen-
sera : car sa justice est infinie
comme sa clémence.

— Mon père, dit M. St.-Martin,
j'applaudis, avec tous les Catholiques, aux motifs pieux qui vous ont
fait entreprendre votre voyage ;
mais ne pensez-vous pas qu'un trop

long séjour en ces lieux priverait les autres villes de ce département, de l'avantage qu'elles retireraient de votre présence. — Une grande entreprise me retient ici, mon frère, et ce n'est qu'après l'accomplissement de cette œuvre charitable, que je puis quitter cette ville. — Vous comptez y rester encore?... — Le temps qu'il plaira à Dieu. — Puisqu'il en est ainsi, ne pourrions-nous pas nous entendre ensemble, afin que vos sermons nous fassent le moins de tort possible! — Eh! quoi, mes sermons vous nuisent! Qui donc êtes-vous pour vous plaindre? — Je suis le directeur du spectacle! — Vous, Monsieur! — Avant votre arrivée, mes acteurs et moi, nous vivions tranquilles et contens; nos travaux

étaient récompensés par la faveur
du public qui se portait en foule
à notre théâtre : mais, depuis près
d'un mois, notre salle est presque
déserte , nous n'y recevons que
quelques vieux abonnés et des of-
ficiers de la garnison , ou des of-
ficiers de marine, dont le nombre
a encore diminué depuis que le
Capitaine du port et le Comman-
dant de la place ont cru devoir
mettre toute la ville dans le secret
de leur dévotion. — Je suis fâché,
Monsieur, que vous m'adressiez de
pareilles plaintes ; vous devriez,
au contraire, bénir cette désertion,
et y reconnaître le doigt de la Providence qui ne veut pas que vous
ayez à vous reprocher la perte de
quelques âmes , que son inépui-
sable bonté arrache à la coupable

séduction de vos plaisirs. — Votre
sainte colère va trop loin, mon
Père : entraînés par un goût irré-
sistible, ou forcés par les circonstances à prendre le parti du théâtre, la plupart de mes acteurs sont
d'honnêtes gens, remplissant avec
exactitude tous les devoirs que leur
impose la société. Bons parens,
bons époux, enfans soumis et res-
pectueux, ils donnent l'exemple
d'une conduite sage et régulière,
qui ne leur coûte aucun effort. Je
ne prétends point qu'ils soient tous
également à l'abri du reproche ;
mais, enfin, si quelques-uns d'entr'eux ne se font pas remarquer
par cette rigidité de principes, par
cette pureté de mœurs, si rare dans
le monde, je puis au moins vous
affirmer qu'aucun d'eux n'a donné

le scandale d'une vie publiquement dissolue. — Qu'importe ; vous n'ignorez pas, Monsieur, que les comédiens sont hors de l'église, et qu'il n'y a point de salut à espérer pour eux ! — La religion du Christ, mon Père, n'est point aussi implacable que vous voulez bien le faire entendre ; je pourrais même vous citer quelques-uns de ses plus illustres soutiens, dont l'opinion a été favorable aux comédiens : saint Charles, saint Thomas - d'Aquin, saint François-de-Sales, Huet !... Mais à quoi bon cet étalage d'érudition, lorsqu'il ne s'agit que de vous demander un acte de complaisance. — Quel est-il ? — L'heure que vous avez choisie, nous a porté un coup mortel..... Vos conférences commencent à l'instant où

l'on ouvre nos bureaux ; cette con-
currence ne peut que nous être
fatale : le public inconstant ,
nous quitte pour vous écouter ;
la puissance de votre éloquence
n'a pas besoin des prestiges du soir ;
cette obscurité qui vous environne,
et que vous croyez propre à garantir vos auditeurs de toute distrac-
tion, peut en occasionner de plus
coupables que celles auxquelles
donnent lieu nos spectacles, où tout
le monde y voit clair... —Où vou-
lez-vous en venir ? — A vous prier
de changer l'heure de vos conférences...— Y pensez-vous , Monsieur ? Me rendre, par ma faiblesse,
votre complice ! autoriser les dé-
sordres par une lâche condescen-
dance ! Changer l'heure de nos
saintes réunions, pour protéger les

II.   1 *

représentations d'un spectacle !.. —
— Mon Père, cette complaisance
rendrait la vie à quelques personnes que votre résistance réduira
à la mendicité. — Qu'ils demandent et qu'ils prient. — Moi-même,
je me verrai forcé de manquer à
mes engagemens, et si vous persis-
tez à lancer contre nous les foudres
de l'église, je serai forcé de rendre
à l'autorité un privilége dont elle
m'avait garanti le libre exercice, la
ville sera privée de spectacles. —
On ira à l'église. — Ruiné par votre
obstination, je dépose mon bilan.
— C'est une calamité, sans doute,
mais aucune considération ne me
fera trahir ma religion. — Et vous
aurez à vous reprocher de m'avoir
mis dans le cas de faire perdre à
une foule d'artisans honnêtes et

laborieux le salaire de leurs travaux, le prix de leur industrie. —
Monsieur, répliqua sévèrement
Gaspard, je ne connais rien aux
spéculations humaines : là où l'é-
goïsme voit une fortune à perdre,
je vois une âme à gagner à Dieu !...
Le malheur rend religieux ! en disant ces paroles, le Missionnaire
remit à la sœur Félicie, qui venait
d'entrer, la bourse que M. St.-Mar-
tin lui avait apportée, et sur laquelle celui-ci jettait un coup-d'œil
plein de dépit et de regret.

Le pauvre Directeur revint tout
triste au milieu de ses pensionnaires, auxquels il raconta sa mé-
saventure : elle ne surprit personne.
Au bout de quelques jours, il dis-
parut de la ville, laissant cinquante
mille francs de dettes. La salle fut

fermée ; plusieurs acteurs quittè-
rent Rochefort, sans avoir averti
tous leurs créanciers : les autres,
sans place à la fin de l'hiver, se
trouvèrent dans un dénûment ab-
solu ; l'un d'eux, réduit à la dernière misère, eût la faiblesse de se
noyer : on l'enterra sans bruit. Sa
veuve eut le courage d'aller implorer l'humanité des RR. PP. Gaspard lui remit une pièce de cinq
francs ; c'était un peu moins que
son mari n'avait donné, lorsqu'on
avait quêté pour les Missionnaires.

CHAPITRE XIV.

Les Conversions.

LE Bonheur de Borel ne tarda pas
à faire envie à plusieurs de ses confrères. Les jeunes étourdis, qui
avaient de nouveau puisé dans son
coffre fort, honteux d'avoir été
pris pour dupes une seconde fois,
gardèrent le silence sur la manière
adoptée par l'usurier pour sanctifier son commerce. Le vieux Léonard, dont M. Monsorand avait
menacé Borel lors de leur première
entrevue, se donnait au diable pour
détruire le crédit de son concur-
rent: désespéré de n'y pouvoir réus-

sir, il se décida à l'imiter. En conséquence, il alla trouver les deux
Religieux, et leur porta son of-
frande : il eut soin de renchérir sur
celle de Borel. Dès le lendemain,
toute la ville apprit, non sans quelqu'étonnement, que le prêteur sur
gages Léonard s'était amendé, converti ; ce qui, du reste, ne l'empê-
cherait pas à l'avenir de faire l'u-
sure au taux le plus modique, et
de continuer son commerce en honnête homme.

Les conversions ayant réussi aux
deux misérables fripons, bien au-
delà de leurs espérances, elles de-
vinrent bientôt à la mode : c'était à
qui se convertirait ; hommes et
femmes. On choisissait prudemment parmi les fautes dont on s'é-
tait rendu autrefois coupable, celle

qui était la plus connue, afin que l'aveu public qu'on en faisait n'apprît rien de nouveau : on recevait une pénitence, dans laquelle il entrait toujours une amende pour les pauvres, au nombre desquelles on sous entendait les ministres du Seigneur ; et quelques jours après, on emportait une absolution générale du passé, à l'aide de laquelle on regardait en pitié l'honnête homme qui, n'ayant rien à se reprocher, n'avait pas eu besoin de se convertir.

« Les affaires vont mal, ma boutique est déserte, personne ne me fait plus travailler, disait à sa femme un méchant tailleur d'habits, qui, dans la révolution, s'était appelé Brutus, et qui sous ce nom-là ne s'était pas toujours borné à habiller ses pratiques : si j'osais , je me convertirais. — Pourquoi pas, répondit la femme, qui avait autrefois tricotté dans les tribunes , il n'est pas défendu de chercher à gagner sa vie ; d'ailleurs, on peut en essayer... — Certainement, j'en essayerais volontiers; mais cela n'a qu'à ne pas me réussir ! — Qui ne risque rien, n'a rien... Au surplus, laisse-moi arranger cela; j'irai trouver la bonne Dame qui voyage avec les saints Religieux, je tâcherai de l'intéresser à notre position. — Comme tu voudras , femme : ... mais le plutôt ne vaudra que mieux.... Dès le lendemain , la femme du tailleur confia ses chagrins , sa misère et ses projets à la sœur Félicie. Celle-ci n'aperçut dans cette confession qu'un moyen de plus de consolider la puissance des Missionnaires, en prouvant l'efficacité de leurs sermons en plein air; on convint que le citoyen Brutus, qui s'était conservé pur dans son civisme de 93, à travers le despotisme de Napoléon et la restauration de la monarchie des Bourbons, serait admis à faire amende honorable, les pieds nus, et portant à la main droite un cierge, dont la marquise de Véniac voulut absolument faire les frais.

La chose se passa à merveille : plus la conduite de l'ex-Brutus avait été répréhensible, plus il avait persisté dans ses épouvantables opinions, plus sa conversion faisait honneur aux Missionnaires. Étranger aux combinaisons de son vieil acolyte, Ambroise, dont tout ser-

vait à fasciner les yeux, remerciait
la Providence du succès qu'elle
accordait à ses prières ; les personnes qui, comme la Marquise,
madame d'Apreval, le vicomte de
Nancé et M. Monsorand, avaient
d'avance prédit les miracles de la
Mission, et annoncé le bien immense qu'elle allait produire dans
la ville, faisaient sonner bien haut
toutes ces conversions, dont ils
n'auraient pas cependant voulu garantir la sincérité, et se taisaient
prudemment sur une foule de dé-
sordres, de querelles et de mal-
heurs suscités par l'intolérance des
Religieux. Félicie éprouvait une
satisfaction bien vive, en voyant
la facilité avec laquelle le trésor
de la société s'arrondissait ; elle attendait avec impatience l'issue des

projets de Gaspard sur mademoiselle Duplessis : de leur réussite dépendait en quelque sorte toute son existence à venir.

Gaspard avait profité des offres du négociant, il se passait peu de jours qu'il n'allât présenter ses respects à la famille Duplessis. Il trouvait rarement l'occasion d'entretenir, seule, mademoiselle Agathe ; elle était presque toujours entourée de ses parens. La conversation roulait assez ordinairement sur les travaux de la Mission : le père Gaspard rendait un compte très-avantageux des succès que son éloquence obtenait, et que sa pieuse modestie attribuait à Dieu seul ; il glissait légèrement sur les conversions qu'opérait la grâce d'en haut ; mais il avait souvent à raconter des

restitutions légères de biens du clergé, qui, sans autre puissance que la
parole du Seigneur, recouvrait,
grâce au repentir des fidèles,
quelques humbles débris de l'immense édifice de son ancienne fortune. Gaspard n'avait point cherché à séduire aucun des domestiques de M. Duplessis; mais il ne
sortait jamais sans adresser quelques paroles insignifiantes à Lucas,
que cette espèce de distinction flattait extraordinairement. Le Religieux y ajoutait, de temps en temps,
quelques pièces de monnaie; cette
double attention l'avait rendu très-
recommandable aux yeux de Lucas, qui le regardait comme un
homme auquel le paradis appar-
tenait de plein droit après sa mort...
Le pauvre domestique ne manquait

jamais l'occasion de dire du bien du Religieux. Il assistait souvent à ses conférences, et Agathe apprenait par lui tous les événemens importans de la Mission.

On se rappèle que l'arrivée des Missionnaires avait empêché la signature du contrat de mariage. Les cérémonies religieuses, qui s'étaient succédées si rapidement avaient aussi engagé les parens à retarder d'une semaine ou deux la conclusion de cette alliance. Si l'on eût écouté M. Hérart, tout se serait fait ainsi qu'il avait été convenu, et rien n'aurait été changé ; mais madame Duplessis était bonne, elle était faible : Agathe, triste et souffrante depuis quelques jours, avait témoigné le désir d'éloigner encore un peu la signature du contrat, et quelque singulier que pût paraître ce désir, au point où en étaient les choses, elle y céda dans la crainte qu'on n'attribuât son refus à l'intention de se débarrasser de sa belle-fille.

Eugénie, toujours vive et encore plus capricieuse, ne cessait de railler sa sœur sur les indécisions de son caractère, et cependant elle-même n'était pas exempte de ce défaut; elle aimait à plaisanter le frère Ambroise sur sa vocation religieuse, à laquelle elle ne croyait pas; et lorsqu'il était absent, elle souffrait avec peine que l'on se permît de répéter ses propres paroles: les louanges et les critiques, qui avaient pour objet le compagnon de Gaspard, lui étaient également insupportables. Faisait-on

l'éloge de sa dévotion, de son entier dévouement au culte des autels?
elle se fâchait qu'on les crût sincères,
et qu'on affirmât qu'Ambroise par-
viendrait aux plus hautes dignités
de l'église... Révoquait-on en doute
sa piété?... elle s'indignait contre
ceux qui osaient émettre une opinion si défavorable au jeune Missionnaire : et quand elle avait en
peu d'instans soutenu avec opiniâtreté ces deux sentimens si différens, elle se dépitait contre elle-
même ; elle courait s'enfermer dans
sa chambre, d'où elle sortait au
bout d'une heure, plus gaie, plus
folle, plus aimable que jamais,
disposée à demander pardon à tous
ceux qu'elle avait contrariés et
prête à les contrarier encore, si par

malheur ils lui en fournissaient
l'occasion.

La conversion du tailleur ra-
mena chez lui une foule de gens,
que sa conduite et sa mauvaise réputation en avaient éloignés. De
nouvelles pratiques lui arrivèrent
de tous les côtés. Le vicomte de
Nancé abandonna un vieux tailleur, auquel il devait encore cinq
ou six mémoires, pour se faire habiller par le converti. Pendant
quelques jours, ce fut une espèce
de fureur : la boutique était pleine
d'amateurs !.... Hélas ! disait la
femme, en songeant au temps perdu ! que nous serions à notre aise,
si tu t'étais converti un mois plutôt !

Tandis que Borel, Léonard, le
tailleur Brutus, et quelques autres

hypocrites rétablissaient leurs affaires et attiraient la foule chez
eux, il arriva une singulière aventure, qui n'eut pas des suites aussi
agréables.

Dans un des quartiers retirés
de la ville, tout près la porte de
Saintes, vivait un vieux célibataire,
qui depuis près d'un demi-siècle
habitait la même maison; son exté-
rieur était simple et modeste : il
n'avait chez lui qu'une domestique,
à-peu-près de son âge, qui le servait depuis son arrivée à Rochefort. Cet homme, dont on ne connaissait pas la famille, s'était fait
un grand nombre d'amis par la
douceur de son caractère ; il faisait beaucoup de bien, et ne cessait d'édifier tout le monde par sa
conduite exemplaire : il avait été

nommé plusieurs fois marguillier
de sa paroisse, assesseur du juge-
de-paix, membre du bureau de
bienfaisance, et, dans chacune de
ces fonctions gratuites, il montra
un zèle éclairé, une sagesse profonde, une charité soutenue ; il
avait arraché à la misère un grand
nombre de malheureux ouvriers,
il avait fait donner une éducation
pieuse, une profession lucrative
à de pauvres orphelins, qui lui devaient leur salut et leur existence :
enfin, M. de Larche était une providence pour le quartier qu'il habitait ; et telle était l'estime que ses
vertus lui avaient méritée, que le
plus profond mépris eût fait justice à l'instant même, de l'imprudent qui aurait osé attaquer la réputation de ce digne vieillard.

Le bruit des conversions soudaines arriva jusqu'à M. de Larche, il en parut d'abord contrarié ; sa domestique lui raconta l'aventure du tailleur, dont il avait autrefois connu les excès, et de la fureur patriotique duquel il avait manqué être la victime. Ce changement dans la conduite d'un homme aussi profondément pervers, l'étonna beaucoup, et lui donna singulièrement à penser.

Le grand âge avait affaibli les organes de M. de Larche, sans rien diminuer du respect qu'on lui portait. Cette puissance des prêtres étrangers, dont la parole avait si rapidement porté le trouble et le remords dans les âmes coupables, avait fait une profonde impression sur lui : il était devenu sombre et froid, sa domestique le surprenait vingt fois par jour à réfléchir ou à prier devant un portrait de femme, placé dans son cabinet. Il avait augmenté le nombre et la valeur de de ses aumônes; mais, au lieu de s'informer, comme par le passé, des besoins du pauvre, et de proportionner ses charités à son indigence, il donnait indifféremment à tous ceux qui tendaient la main, et donnait beaucoup : on eut dit, à ses prodigalités, qu'il voulait racheter une grande faute. Quelques jours se passèrent ainsi, pendant lesquels M. de Larche se fit raconter jusqu'aux moindres circonstances qui avaient accompagné et suivi la conversion des divers habitans qu'on lui avait nommés.

Quelle fut la surprise de toute la

ville , lorsqu'à l'une des conférences du soir on vit le malheureux vieillard traverser en chan-
celant la foule, et, le visage inondé
de larmes , la voix entrecoupée
par les sanglots , se précipiter aux
pieds du père Gaspard. On s'imagina d'abord qu'il y avait un peu
de démence dans cette action , et
l'on plaignit le sort de M. de La-
marche, mais la pitié fit bientôt
place à un sentiment d'effroi, lorsque celui-ci, implorant avec ferveur la miséricorde Divine , s'a-
voua publiquement coupable d'un
crime commis il y avait cinquante-
un ans. Cet homme, d'un commerce
si doux, avait eu la jeunesse la plus
orageuse. A peine adolescent, il
aima avec passion une jeune per-

sonne, que ses parens lui refusè-
rent pour épouse. Louise Adam,
fille d'un peintre dont le talent
était toute la fortune, partageait
l'amour du jeune de Larche, mais
plus tendre et moins constante que
son amant, elle accueillait aussi
l'hommage de quelques autres ado-
rateurs, dont son amour-propre
était flatté. Mieux traité que tous
ses rivaux, rassuré par les sermens
de sa maîtresse, de Larche n'en
éprouvait pas moins tous les tourmens de la jalousie. Sa famille, qui
voyait avec douleur l'empire que
Louise exerçait sur lui, ne cessait
de représenter la conduite légère
de la jeune fille sous l'aspect le
plus désavantageux; elle crut faire
entrer dans l'âme de de Larche le

mépris qui tue l'amour, et elle n'y laissa pénétrer que les soupçons qui l'alimentent.

Lassé des persécutions de sa famille, irrité par les obstacles, séduit par la beauté de Louise, subjugué par la plus violente de toutes les passions, de Larche, maître d'une partie de sa fortune, fit proposer à Louise un mariage secret; la jeune fille reçut cette proposition avec des transports d'amour, qui comblèrent de joie son amant: elle se voyait tout-à-coup arrachée à l'importune surveillance de ses parens, à la misère qui menaçait la vieillesse de son père; elle triomphait de ses ennemis, et de la haine d'une famille puissante, dont elle se flattait de vaincre un jour les ressentimens: de Larche était jeune, aimable, spirituel, d'un physique agréable : l'amour qu'il ressentait pour Louise, la fortune qu'il possédait, le rang qu'il occupait dans le monde, multipliaient ses bonnes qualités aux yeux de l'objet aimé, et lui valurent le consentement du peintre qui, dans sa position, se trouvait fort content de s'être défait aussi avantageusement de sa fille.

Les jeunes gens se marièrent. De Larche réalisa sous main les trois quarts de sa fortune, qui était considérable : les deux époux disparurent un beau jour de la ville pour aller habiter la capitale. La famille de de Larche était furieuse ; mais le jeune homme était majeur, les actes étaient en règle, et leur colère impuissante échouait devant ces deux argumens.

Madame de Larche avait de bonne heure appris à connaître le pouvoir de ses attraits, son père ne lui avait pas caché qu'ils formaient son unique dot, et ses imprudentes confidences avaient initié sa fille à tous les mystères de la coquetterie: devenue maîtresse de ses actions, Louise ne put renoncer au plaisir si doux de captiver les cœurs, et de charmer les yeux. Elle se reposait sur la pureté du sentiment qui l'unissait à son mari, pour excuser ce que sa conduite pouvait avoir de léger et d'irrépréhensible ; elle crut qu'une femme qui n'avait rien à se reprocher, pouvait se moquer impunément des apparences. Cependant, la jalousie de de Larche augmentait de jour en jour : des scènes

II. 2 *

fâcheuses, mais qui finissaient toujours par donner à Louise une
nouvelle preuve de son ascendant
sur l'esprit de son époux, alté-
raient la paix et la confiance, sans
lesquelles il n'existe point d'heureux ménages. Forte d'une conscience pure, et d'une fidélité que
rien encore n'avait pu corrompre,
madame de Larche se livrait avec
fureur à tous les plaisirs de son
âge. Sa beauté attirait sur ses pas
une foule de soupirans qui dé-
solaient son mari, mais que par
amour-propre, elle n'osait con-
gédier trop brusquement, dans la
crainte de changer en haine, l'a-
mour dont ils faisaient parade : la
gaîté avec laquelle elle accueillait
la plupart des déclarations qui lui
étaient adressées, le peu d'impor-

tance qu'elle attachait à ces protes-
tations de tendresse, à ces flammes
subites, allumées par le hasard, passèrent bientôt, aux yeux de certaines femmes, pour les preuves
irrécusables d'une connivence se-
crette. On lui donna, tour-à-tour,
pour amans, tous les hommes qui
composaient sa société: on plaignit
tout bas l'aveuglement de de Larche ; puis, on essaya charitable-
ment de l'éclairer sur la conduite de
sa femme ; puis, les mots à double
sens, les équivoques malignes cir-
culèrent dans le monde, et parvin-
rent à la connaissance de M. de Larche. Il adorait Louise, il ne put
la croire coupable ; mais le coup
avait porté au cœur, tout son bonheur était détruit.

Au lieu d'avertir sa femme des

bruits que la calomnie faisait courir contr'elle dans le monde, au lieu de lui montrer les souffrances dont il était dévoré, et de lui faire, de sa présence continuelle, un égide contre la malveillance et la méchanceté, de Larche se tut : il concentra ses peines, il alimenta ses chagrins de tout ce que l'envie et la malignité inventaient contre la pauvre Louise, à laquelle rien ne faisait pressentir les dangers qui la menaçaient.

De Larche croyait à la vertu de sa femme, à la sincérité de son attachement pour lui, et cependant de Larche jaloux, inquiet, tourmenté, épiait toutes les actions de Louise : il n'ajoutait aucune foi, disait-il, aux propos que la calomnie répandait sur elle, et son cœur battait avec violence dès qu'il la voyait sourire aux discours galans de quelque jeune étourdi; il aurait sacrifié son existence pour embellir celle de sa femme, et il y avait des momens où il se surprenait à désirer sa mort! Sans cesse en contradiction avec lui même, il passait de la confiance à la jalousie, de l'amour à la haine, du bonheur au désespoir, avec une rapidité qui prouvait la faiblesse de son caractère, et faisait tout craindre du sentiment qui disposait ainsi de toutes ses pensées.

L'imprudente Louise ne changea point de conduite, la jalousie de son mari l'affligeait sans l'effrayer; ses soupçons la blessaient sans l'irriter : les femmes pardonnent aisément un sentiment qui naît du prix qu'on attache à leur possession.

Depuis plusieurs jours, le cœur de de Larche éprouvait cependant un peu de repos ; il commençait à se convaincre de l'innocence de sa femme, et cessait de suivre ses démarches, lorsqu'une lettre anonime vint lui rendre sa jalousie et ses fureurs. Cette fois l'accusation est formelle, les renseignemens sont positifs, le complice est désigné de telle sorte, que son nom devient inutile, le cœur de de Larche est en proie aux sensations les plus déchirantes : il se désole, il pleure, il frémit, il s'indigne ; mais dans ce combat de sentimens violens, la haine a vaincu l'amour, et la rage l'emporte sur la douleur. Le cœur navré, la tête perdue, il monte à

l'appartement de sa femme, une
voix étrangère se fait entendre : ...
il s'arrête, ... il écoute en tremblant, et reconnaît... la voix de
l'homme que la lettre accuse ! ...
De Larche n'est plus maître de lui;
son sang s'allume, il cède, malgré
lui, à un transport de fureur qui
bouleverse son âme, et le rend in-
sensible à tout ce qui n'est pas vengeance; la porte s'ouvre avec fra-
cas, de Larche se précipite au milieu du couple imprudent, que son
aspect effraye : il saisit une arme,
que le malheur avait placée sur son
passage ;... il la dirige au hasard,
et sa femme, qui s'élançait au-de-
vant de lui, tombe à l'instant bai-
gnée dans son sang.... L'insensé
revient à lui, pousse un cri, laisse
tomber l'arme, fuit et disparaît

avant que le témoin de son crime, glacé de surprise et de terreur, ait pu faire un seul pas pour l'arrêter.

Madame de Larche ne mourut pas de sa blessure ; mais l'éclat fâcheux de cette aventure, et l'inquiétude dans laquelle elle fut sur le sort de son mari, dont on n'entendit jamais parler depuis cet événement, rendirent sa vie triste et languissante. A peine convalescente, elle se retira dans un couvent ; elle y vécut quelques années en qualité de pensionnaire, et mourut au bout de ce temps, regrettée de tous ceux qui l'avaient connue depuis sa retraite. Jamais elle n'ouvrait la bouche sur l'événement qui avait tant influé sur son existence. Elle plaignait son mari, elle le regrettait,

et ne souffrait pas qu'on l'accusât
devant elle. A sa mort, la famille
rentra dans tous ses droits sur la
succession de M. de Larche.

L'infortuné, que le souvenir de
son crime accablait de remords,
errait comme un fou dans les rues
de la capitale. Il fut rencontré par
un de ses amis, auquel il confia sa
déplorable aventure : celui-ci l'engagea à s'éloigner de Paris sur-le-
champ ; il lui offrit sa bourse, et le
fit accompagner jusques à Calais.
M. de Larche passa en Angleterre :
là, sous un nom supposé, il attendit des nouvelles de son ami ; elles
ne tardèrent pas à arriver et à lui
apporter un peu de consolation.
La blessure de Louise était profonde, mais ses jours étaient hors
de danger. La justice avait reçu la

II.   3

déclaration du seul témoin présent au meurtre, et le procureur du roi instruisait l'affaire avec une célérité extraordinaire. Madame de Larche, avait inutilement tenté d'arrêter ses poursuites : lorsqu'on l'interrogea , elle déclara qu'elle ne connaissait point l'assassin.... Cette conduite noble , ce silence généreux de la part d'une femme qu'il avait si cruellement outragée , firent couler les larmes de de Larche. Il est, quelquefois , pénible de recevoir un bienfait de la main de celui qu'on a offensé , et il faut une sorte de grandeur d'âme pour supporter de sa part l'oubli d'une injure.

L'ami de M. de Larche avait joint à sa lettre un billet de banque de mille livres sterlings à toucher chez l'un des plus riches banquiers de la cité. Il exhortait le malheureux de Larche à prendre patience, et lui promettait de le tenir exactement au courant de tout ce qui pouvait l'intéresser dans la capitale. Au bout de quelque temps il lui annonça l'entier rétablissement de sa femme, et l'évocation de son procès au criminel. De Larche était résolu à ne plus revoir Paris : il profita d'un bâtiment qui faisait voile pour l'Isle de France, afin d'y aller rejoindre un oncle très-riche qui avait autrefois témoigné le désir de le voir.

Un séjour de quelques mois dans ce pays, où tout était nouveau pour lui ; l'assurance que Louise existait encore, et le tendre intérêt dont son oncle lui donnait à chaque instant de nouvelles preuves, adoucirent sa situation et la rendirent supportable. Il apprit par son ami, qui seul connaissait sa retraite, l'issue de son procès et sa condamnation; il s'y était attendu.

L'oncle, très-âgé, mourut en instituant de Larche son légataire universel : ce dernier, rendu à son isolement, céda au désir de revoir la France; il vendit ses biens et vint, sous le nom de Vial, s'établir à Rochefort, où il édifia toute la ville par une conduite sage, et des sentimens honnêtes qui, dans tout le cours de sa vie, ne se démentirent pas un seul jour.

A peine le malheureux vieillard eût-il fait publiquement l'aveu du crime de sa jeunesse, qu'un murmure confus s'éleva de toutes parts;

l'indignation se peignit sur les fi-
gures ; cinquante ans de remords,
de vertus, de probité, disparurent en un moment, pour ne laisser voir que l'énormité de son
crime. Les uns ne virent plus dans
les bienfaits de de Larche, dont ils
avaient été l'objet, que des actes
expiatoires, ce qui les dispensait de
reconnaissance ; les autres cessèrent de s'étonner de l'indulgence
dont il avait fait usage envers eux,
et s'armèrent à son égard d'une sévérité qui les réhabilitait à leurs
propres yeux. Borel, lui même,
comme s'il eût craint la contagion,
se recula de quelque pas, lorsqu'en s'en retournant, M. de Larche
fut obligé de passer devant lui.

Cette scène douloureuse avait
r'ouvert toutes les plaies de l'âme

du malheureux de Larche, elle épuisa ses forces et son courage. Le bruit de cet événement se répandit dans toute la ville. Les opinions se partagèrent sur cette action, que le plus grand nombre regarda comme une acte de folie, et attribua à la faiblesse du grand âge du coupable. On s'éloigna peu à peu de M. de Larche, ses amis diminuèrent le nombre de leurs visites : ceux qui, quelques jours auparavant, se targuaient d'un attachement inviolable, d'une amitié éternelle, l'abandonnèrent tout-à-fait : sa maison devint un désert dont personne n'osait plus approcher ; la boutique du tailleur ne désemplissait pas.

Les nouveaux convertis formaient avec les RR. PP. et les

dames d'Apréval et de Véniac , une
espèce de tribunal religieux , d'inquisition bienveillante, qui s'occupait du soin de recruter des âmes
à Dieu, et des fonds à la mission.
On ne crut pas M. de Larche digne
d'être associé à de si hautes fonctions : c'était le seul dont l'acte de
contrition était vrai , ce fut aussi le
seul à qui il ne porta pas bonheur.

CHAPITRE XV.

Le Bal masqué. — La sœur Félicie.

L<small>E</small> carnaval tirait à sa fin, et Rochefort continuait d'être d'une tristesse profonde : personne n'avait osé enfreindre la défense des Religieux ; on ne dansait nulle part, et les jeunes filles les plus dévotes ne pouvaient s'empêcher de regretter intérieurement que la Mission n'eût pas été retardée jusqu'au carême.

Monsieur Hérart fut le seul des habitans qui ne changea rien à sa manière de vivre. Tous les ans, il réunissait chez lui sa famille et ses amis , et leur donnait un bal masqué dans les jours gras. Cette année, la réunion et le bal eurent également lieu : la réunion ne fut peut-être pas aussi brillante que les années précédentes, mais en revanche le bal masqué fut beaucoup plus nombreux. La certitude de n'être connu que du maître de la maison rassura ceux qui n'osaient se divertir publiquement , dans la crainte d'encourir la disgrace des bons Pères.

La famille Duplessis fut une des premières invitées à ces deux réunions : Eugénie était enchantée de pouvoir enfin assister à un bal masqué ; mais cette invitation contrariait beaucoup sa sœur aînée, qui voyait avec peine que son beau-père cherchait à se singulariser, et à braver les Missionnaires. Elle redoutait l'opinion des Religieux, et elle résolut de prétexter une indisposition pour se dispenser de paraître au bal ; mais cette résolution ne tint pas contre les instances de sa sœur et les prières du jeune Emile, qui ne pouvant attribuer qu'au caprice le refroidissement de mademoiselle Agathe à son égard, redoublait de prévenances afin de le dissiper.

On peut juger de l'empressement de la jeunesse de Rochefort à se rendre à ce bal ; ce fut le seul que l'on donna pendant tout l'hiver. Une foule immense encombrait les salons de M. Hérart, devenus trop petits dans cette circonstance : la joie tenait du délire.

Le plaisir qu'on se promettait était
si vif, que l'on dansait, rien qu'en
passant le seuil de la porte. Tout
le monde arriva presque en même
temps, et pour la première fois,
peut-être, le bal commença avant
l'heure indiquée sur les billets d'invitation : Cette fureur de danser
tournait toutes les têtes, il y
avait si long-temps qu'on ne s'était
amusé!... Chacun voulant mettre
le temps à profit, on transforma
toute la maison en une salle de
bal : on dansait dans l'antichambre,
dans la salle à manger, dans les
chambres à coucher, dans le salon,
dans les cabinets ; la cuisine fut le
seul endroit où l'on n'organisa
point de contredanses.

Malgré cette affluence considérable, à laquelle on ne s'était pas

attendu, le bal fut brillant et gai. Il n'y avait guère de famille comme il faut, catholique ou non, dans le pays, qui n'y eût envoyé un représentant. Eugénie remarqua dans une des angles du salon, un étranger dont les traits offraient quelque resemblance avec ceux du frère Ambroise, et, sans s'en apercevoir, elle tint presque toute la soirée ses regards attachés sur le jeune homme. Elle se plaisait à multiplier les rapports que sa figure et l'ensemble de sa personne présentaient avec le jeune Missionnaire; elle y découvrait des rapprochemens, là où personne n'en aurait soupçonné : aussi éprouva-t-elle un grand plaisir lorsque l'étranger, s'approchant d'elle, la pria de vouloir bien l'accepter pour la

contredanse suivante. Ses joues se
colorèrent d'un léger incarnat, son
cœur battit avec une douce violence, et sa main trembla plus
d'une fois dans la main de son cavalier! Pauvre jeune homme! disait-elle tout bas, il serait mieux
ici que dans sa triste cellule, et son
imagination lui représentait Ambroise à ses côtés, faisant admirer
son esprit et sa grâce, son éloquence et sa galanterie. La ressem-
blance qu'elle avait créée à son
danseur, contribuait à nourrir cette
illusion ; elle était si forte, que
plusieurs fois elle fut sur le point
de baptiser du nom d'Ambroise,
son jeune cavalier.

L'étonnement de Gaspard fut au
comble lorsqu'on lui annonça qu'il
y avait dans la ville un homme

...ez hardi pour oser braver sa défense, et donner, en dépit de ses
menaces, le scandale d'un bal masqué. Son chagrin redoubla, lorsqu'il apprit que cet homme était le
ministre Hérart. Il craignait de voir
échouer ses projets sur la fortune
d'Agathe; il était furieux, désespéré : il pressentait que cette ré●
●ion opérée sous ses yeux allait
fournir aux deux familles l'occasion de terminer, sans désemparer,
le mariage de leurs enfans. Une
visite à M. Duplessis eut non seulement été imprudente et déplacée,
mais il n'y a pas de doute qu'elle
n'eût rien changé à la résolution du
négociant.

Félicie, à laquelle il confia ses
inquiétudes, sourit de son embarras : bien différente de Gaspard,

elle ne s'alarmait jamais. Ayant jusqu'alors triomphé de la plupart des obstacles qu'elle avait trouvés sur son chemin, elle se croyait certaine de triompher de tous ceux qu'on lui opposerait encore. La plus légère contrariété vous décourage, dit-elle au Religieux, et moi j'aperçois, au contraire, dans l'événement qui vous désole, un nouveau moyen d'assurer notre succès. — Expliquez-vous, chère amie; je suis depuis long-temps accoutumé à suivre aveuglément vos conseils... — Vous êtes sûr que le bal est masqué ? — Oui; c'est du moins ce que comportent les invitations. — Il y aura foule ? — Je le crains : depuis notre arrivée on ne s'est pas amusé dans le pays. — Cela suffit ; je vais dresser mes bat-

teries en conséquence, et je vous
promets que vous bénirez bientôt
les résultats de ce bal, dont vous
redoutiez tant l'influence. — Ne
puis-je au moins connaître ?... —
Mon ami, la réussite d'une entreprise dépend bien souvent du secret; et, d'ailleurs, vous mettre
dans une confidence, serait vous
associer à ma gloire! — Ce serait
en rendre le succès moins douteux.
— Avec la connaissance que j'ai du
caractère de la jeune personne, je
vous garantis qu'elle ne saurait me
résister. — Vous lui parlerez? —
Sans doute. — Quand? — Demain
soir. — Où? — Au bal. — Vous, au
bal? — Moi même. — Félicie, de la
prudence :... si l'on vous recon-
naissait sous le masque, nous serions perdus. — Et depuis que nous

sommes ici, nous a-t-on reconnus ?
—C'est vrai ; mais le danger est
bien plus grand. Les ennemis de
la religion veillent sans cesse, et il
y a tant de gens qui seraient en-
chantés de trouver la Mission en
faute !... Choisissez un déguisement sous lequel il soit impossible
de vous deviner, ne laissez échapper
aucune parole qui puisse vous trahir : je redoute jusqu'à la simplicité de mademoiselle Agathe... —
Toujours faible, dit Félicie en jettant un regard de pitié sur Gaspard, et en faisant un petit mouvement d'épaule assez significatif,
reposez-vous sur mon adresse, et
rappelez-vous que, dans les occasions difficiles, une femme d'esprit
sait allier l'audace qui invente, à
la prudence qui exécute.

II.   3 *

En effet, le lendemain à minuit,
Félicie, déguisée en bohémienne
et masquée jusqu'aux dents, s'a-
chemina vers la maison de M. Hérart : elle profita de la confusion
pour se glisser à la suite d'une
troupe de masque de caractères,
parvint dans la salle du bal sans
avoir été obligée de décliner son
nom ; elle n'avait pas tout-à-fait
compté sur un pareil bonheur ;
car, s'étant adroitement informée
des différentes personnes que le
mauvais état de leur santé, ou la
différence de leur opinion empê-
chaient d'assister à cette assemblée,
elle avait résolu d'emprunter, pour
lui servir de passeport, le nom
d'une jeune femme à laquelle elle
ressemblait par la taille et le son
de voix ; mais elle ne fut point

obligée de recourir à ce mensonge.

En entrant dans le bal, Félicie éprouva un serrement de cœur; la joie bruyante des uns, l'innocente gaîté des autres lui rappela les jours de sa jeunesse, et l'époque où elle s'abandonnait si franchement à de semblables plaisirs; ils n'étaient plus faits pour elle: son âme était maintenant étrangère à ces jouissances douces qui ne traînent après elles ni le regret ni la honte. Elle eut un moment de faiblesse, une espèce de remords en pensant qu'elle seule venait troubler la paix et l'allégresse qui régnaient dans ces lieux; mais cet éclair de sensibilité céda bientôt au dépit de ne pouvoir les partager, et sur-tout à l'appât d'une for-

*

une qui devait, sans de grands efforts, récompenser ses soins religieux.

Ni Agathe, ni sa sœur n'étaient masquées. L'aînée des filles de M. Duplessis était assise au milieu d'un cercle de femmes âgées, qui semblaient assister à un spectacle, dont les acteurs ne les intéressaient que faiblement. Eugénie, au contraire, prenait une part active à tous les divertissemens; elle excitait ses jeunes compagnes par ses discours et par son exemple. Irritée de l'espèce de tyrannie que le souvenir d'Ambroise exerçait sur sa pensée, elle s'était décidée à l'en bannir tout-à-fait; et pour y parvenir plus sûrement, elle se livrait à sa gaîté avec un abandon qui ressemblait à de la folie.

Le costume de Félicie attira tous les regards sur elle. Les curieux s'empressaient sur ses pas, et cherchaient à deviner le nom de la magicienne, qui traversait ainsi la salle du bal, en distribuant des épigrammes et des prophéties. Leurs soupçons s'arrêtaient successivement sur plusieurs Dames de la ville, et chacun nomma celles dont il avait à se louer ou à se plaindre, suivant la part qu'il avait eue dans la distribution des faveurs de la prophétesse. Elle avait eu l'adresse de flatter l'amour-propre de quelques femmes qui lui firent sur-le-champ une immense réputation de vérité, et qui la mirent en crédit auprès de tout le bal. Elle eut recours au moyen contraire pour se débarrasser de la foule importune qui l'obsédait de questions, et l'empêchait d'arriver à la seule personne pour laquelle elle s'était introduite chez M. Hérart.

Enfin, après avoir perdu beaucoup de temps à promettre de la santé aux vieillards, des maris aux jeunes filles, de la fortune aux uns, du plaisir aux autres, et du bonheur à tout le monde, Félicie se trouva vis-à-vis de mademoiselle Agathe. La jeune fille ne put résister au désir de connaître sa bonne aventure, elle s'avança vers la sorcière : celle-ci la prit sous le bras, et la conduisit en silence dans un endroit écarté, loin des curieux et des importuns. —En vérité, dit Agathe en s'efforçant de sourire, cette précaution m'annonce de grands événemens, et ce mystère redouble ma curiosité. — Jeune fille, répondit Félicie, peut-être serez-vous fâchée de soulever le voile qui vous cache l'avenir. — Cet avenir dont vous me parlez n'a rien qui puisse m'effrayer, et je me prêterai de bonne grâce à toutes les prédictions qu'il vous plaira de me faire. — Vous plaisantez sur un art dont vous ignorez les secrets et la puissance. — Je crois à tout, excepté aux sorciers. — Ainsi vous ne croiriez pas à ma science, si je vous annonçais que vous devez épouser le fils de M. Hérart ? — Toute la ville en sait autant que vous. — Non, car toute la ville ignore que ce mariage ne se fera pas. — Comment ! — Toute la ville ignore que, depuis quelques jours, vous éprouvez de la répugnance à contracter cette union. — Moi! — Que le caractère du jeune Emile vous semble peu propre à assurer le bonheur d'une femme. — Vous vous trompez. — Que la différence de religions vous effraye. — Silence! — Que votre piété s'épouvante à la seule idée de voir vos enfans élevés dans un culte que Dieu réprouve. — D'où savez-vous?... — Votre plus grand désir est de rompre un hymen que vous n'envisagez plus qu'avec effroi; la tendresse et le respect que vous avez pour vos parens, sentimens très-louables, mais que vous portez à l'extrême, vous empêchent de leur avouer l'état de votre âme, dans laquelle j'ai su lire. — Au nom du Ciel, Madame, parlez plus bas. — Vous voyez, Agathe, dit Félicie,

en adoucissant le son de sa voix,
que notre faculté de deviner la
pensée, s'étend plus loin que vous
ne le croyiez.... — Je conviens qu'il
y a quelque chose de vrai dans les
confidences que vous venez de me
faire ; mais.... — Pouvez-vous nier
que vos relations avec Emile ne
soient devenues plus froides ? —
J'avoue que je vois avec peine approcher le moment qui doit nous
unir. — Ne conviendrez-vous pas
que vous voudriez trouver le moyen
de vous soustraire à cette alliance ?
— Je ne sais, j'éprouve la crainte
de chagriner mes parens par un
refus tardif ; et cependant, ce n'est
qu'avec hésitation que je me sou-
mets à leurs désirs : je ne hais point
Emile, mais peut-être ne l'aimerai-
je point assez pour le rendre heu-

II.   4

reux!... D'ailleurs, cette idée effroyable de passer sa vie avec un homme que ses vertus, sa probité, toutes ses qualités, enfin, ne peuvent préserver de la damnation éternelle... — Et comment n'avez-vous pas pensé à tout cela, lorsque son père a eu l'imprudence de demander votre main. — Je ne voyais alors que par les yeux de ma famille; et sans ce vertueux Missionnaire, qui le premier m'a, sans le savoir, éclairé sur les dangers que je courais, je me serais aveuglément soumise aux volontés de mon père, Emile serait aujourd'hui mon époux... — Combien vous devez bénir la Providence qui a conduit ce Saint-Homme dans votre maison, et qui, par cet avertissement salutaire, a voulu préserver votre vie

d'un repentir inutile... Qui sait
si l'ascendant que votre époux
n'eût pas manqué de chercher à
prendre sur vous, si ses caresses
ou ses menaces n'eussent pas affaibli votre piété ; si le désir de
conserver la paix dans votre ménage ne vous eût pas forcée à renoncer à quelques pratiques de
dévotion, recommandée par l'é-
glise. Notre sexe est si faible ! les
hommes sont si impérieux ; ils s'ar-
rogent le droit de régler notre conduite, et votre mari eut peut-être
exigé de vous des sacrifices... — Je
ne le crois pas, il est attaché à sa
religion. — A son hérésie ! — Et il
eut respecté ma croyance.—Je veux
bien le croire ; mais souvent il n'aurait pas été le maître de retenir une
épigramme sur nos ecclésiastiques,

*

une critique sur l'éclat de nos cérémonies publiques : souffrir de pareils blasphêmes sans les repous-
ser , c'est en quelque sorte s'en
rendre coupable soi-même , et alors
il faut se brouiller avec son mari ,
ou avec Dieu.

Agathe allait répondre à Félicie ,
lorsque sa sœur l'aperçut, et courut à elle... — Tu es bien bonne ,
dit Eugénie , d'écouter les contes
de cette magicienne... C'est quelque diable échappé de l'enfer pour
tourmenter les vivans ! — Ma sœur,
répliqua Agathe , moins de vivacité ; c'est une digne personne... —
Qui cherche à t'ensorceler.— Non ;
mais qui m'a donné d'excellens conseils. — Et peut-on savoir sur quels
objets ?... Sur la religion. — De la
religion sous le masque, s'écria Eu-

génie ! et ses yeux se fixèrent avec
mépris et indignation sur la sorcière, que cette exclamation avait
effrayée, et qui se glissait à travers
la foule, sans chercher à laisser de
traces de son passage. Félicie regagna la porte de la maison de
M. Hérart, sans avoir été aperçue,
et rejoignit Gaspard qui l'attendait
à l'hôtel avec impatience. Tous
deux s'applaudirent des progrès
de leur séduction, et surtout de la
frayeur qu'ils avaient habilement
jetée dans l'esprit de mademoiselle Duplessis ; c'était principale-
ment sur cette frayeur qu'ils fon-
daient l'espérance de leur succès.

Eugénie avait cru reconnaître
dans la bohémienne une vieille
fille de Rochefort, qui ne cessait de
la poursuivre de ses remontrances,

toutes les fois qu'elle la rencon-
trait. Elle ne put s'empêcher de
rire de la frayeur qu'elle lui avait
causée, et de la précipitation avec
laquelle elle avait opéré sa retraite :
elle voulut plaisanter sur la conversation religieuse de la sorcière ;
mais, pour la première fois de sa
vie, Agathe répondit aux plaisanteries de sa sœur avec amertume et
dédain ; Eugénie, blessée de ce ton,
fut sur le point de continuer ses
observations malignes, mais ayant
jetté les yeux sur sa sœur, elle la
trouva si pâle, et la figure tellement bouleversée, qu'elle ne douta
plus qu'elle ne fût en proie à quelqu'émotion pénible ; elle lui tendit
la main, en lui demandant pardon
de l'avoir contrariée : dans le moment, un coup d'archet lui an-

nonça que la contredanse allait commencer, elle courut prendre sa place; mais, dès qu'elle eût fini, elle revint auprès de sa sœur, à laquelle elle prodigua tous ses soins, et qu'elle parvint à distraire un peu: ce léger triomphe lui causa tant de plaisir, qu'elle renonça à danser pour ne plus quitter Agathe.

Le jour paraissait; il fallut se séparer. La plupart des masques étaient disparus depuis long-temps. La maison de M. Hérart avait eu peine à contenir les amateurs de danse, et le lendemain on eût dit que personne n'avait assisté à son bal, tant on était discret sur le plaisir qu'on avait pris la veille.

CHAPITRE XVI.

Départ de M. Duplessis pour Bordeaux. — Le père Gaspard est introduit auprès de mademoiselle Agathe.

—

Le lendemain du bal, M. Duplessis reçut une lettre de son correspondant de Bordeaux, qui le prévenait qu'une riche maison, dans laquelle il avait placé des fonds considérables, était sur le point de suspendre ses paiemens. L'avis était de la plus haute importance pour lui ; aussi se décida-t-il à partir sur-le-champ, il fit le jour même ses adieux à sa famille, et le soir il était sur la route de Saintes.

Une légère indisposition retenait mademoiselle Agathe dans son lit : son père, en prenant congé d'elle, crut devoir, pour la consoler des retards qu'éprouvait son mariage, lui promettre de presser son retour ; mais la jeune fille engagea son père à ne point abréger son voyage par rapport à elle, et à ne point compromettre ses intérêts par trop de précipitation. M. Duplessis ne vit dans cette prière qu'un sentiment d'amour filial, dont au fond de son cœur il ne pouvait blâmer l'excès. Sa tendresse pour Agathe augmenta encore : il se promit intérieurement de la récompenser de la grâce qu'elle avait mise à s'oublier elle-même, pour ne penser qu'à lui.

La nouvelle du départ de M. Duplessis parvint à l'instant même à la connaissance de Gaspard, qui, sous le prétexte de l'intérêt qu'il prenait à toute la famille, se rendit chez le négociant. Madame Duplessis et sa fille étaient allées passer la soirée chez une de leur parente. Agathe restait seule à la maison ; le vieil André n'aurait pas eu l'imprudence d'introduire le religieux auprès de sa jeune maîtresse ; mais il était absent, et le Missionnaire s'adressa à Lucas, dont la langue indiscrète s'empressa d'annoncer le Révérend Père.

Mademoiselle Agathe était dans le petit salon, occupée à quelques ouvrages d'aiguilles qui n'exi-

geaient qu'une faible attention; elle
fut surprise et flattée de la visite
de Gaspard. Le Religieux , animé
d'un sentiment de bienveillance
pour M. Duplessis , s'informa avec
intérêt des motifs de son absence
précipitée, et apprit, non sans étonnement, que sa fortune se trouvait compromise. La critique des
mœurs du siècle arrivait là fort à
propos , et Gaspard ne perdît pas
cette occasion de déclamer contre
la corruption , les plaisirs , le luxe
effréné qui conduisent à une ruine
certaine. Des banqueroutes parti-
culières, il passa aux banqueroutes
publiques, et le voilà peignant avec
chaleur les souffrances des ministres du Seigneur dépouillés de
leurs biens , et mourans de faim à
la porte des châteaux, des maisons,

des fermes , des métairies qu'ils avaient autrefois possédées à si juste titre !.... Agathe , les yeux baissés , l'écoutait en silence ; elle ne l'interrompit que lorsque le Missionnaire , chargeant ses tableaux des plus noires couleurs , montra les victimes recevant du Très-Haut la récompense due à leur martyre , et les possesseurs de leur fortune , expiant leur criminelle opulence par des tourmens éternels !.... — Quoi! mon Père, dit mademoiselle Duplessis, la vengeance de Dieu serait aussi terrible? — Oui, ma fille , répondit Gaspard , il ne peut moins faire pour ses serviteurs. — Cependant lorsque ces biens, injustement acquis peut-être , sont devenus le prix d'une succession , d'un échange ; lorsqu'enfin ce n'est pas vous qui le premier?.... — Excellent cœur ! reprit Gaspard, en attachant sur Agathe des regards pleins de douceur et d'une tendre pitié ! Vous cherchez à plaider la cause de quelques-uns de vos amis ; mais votre bonté vous égare, et ne vous permet pas de penser que des biens injustemens ravis, ne peuvent avoir de possesseurs légitimes que ceux à qui on les a enlevés ; puis, se reprenant :... J'avoue que ma morale est sévère, mais chez moi les affections, de quelque nature qu'elles soient, se taisent devant les grands intérêts du Ciel. Mais, pardon, ajouta-t-il, d'avoir laissé prendre à la conversation cette tournure sérieuse ; la promptitude du départ de monsieur votre père m'avait alarmé : je craignais que son voyage

n'eût encore un motif plus fâcheux!... Dans le temps où nous
sommes, à la suite des révolutions
qui ont bouleversé l'Europe, il est
bien difficile de n'avoir pas réussi
à se faire quelques ennemis. —
Mon père n'a pas eu ce bonheur-
là, répliqua en souriant, Agathe.
—Puisse-t-il l'ignorer toujours:
son absence ne sera pas longue,
sans doute? —Il n'en sait rien lui-
même. —Elle doit vous contrarier,
car je pense qu'elle retarde encore
votre mariage... — Mon mariage!
ah! dit Agathe qui se rappelait en
ce moment l'entretien de la sorcière, j'ai bien peur qu'il ne se
fasse jamais. — Pour éviter tout
soupçon, Gaspard combattit cette
crainte, il opposa aux menaces de
la Bohémienne, des probabilités

de bonheur qu'il eut soin de montrer encore comme des exceptions à la règle commune ; il se rappela l'histoire d'une de ses sœurs, qui, pour échapper à un mariage qui n'avait que l'assentiment de sa famille, et ne lui présentait aucun espoir de félicité , renonça volontairement au monde, et passa dans un couvent les plus belles et les plus heureuses années de sa vie ; cette histoire lui fournit encore les moyens de regretter ces retraites pieuses , où l'on venait expier ses fautes et celles d'autrui. — Celles d'autrui , s'écria Agathe, dont l'attention venait d'être vivement excitée par ces paroles. — J'ai vu de pareils sacrifices, répondit Gaspard.... Dans la ville que j'habitais , avant de prendre les ordres, vivait une jeune personne dont le père, juge au tribunal, avait, par un arrêt inique, consommé la ruine d'une famille entière. Le magistrat était veuf, il se remaria, laissant à sa fille Alexandrine le bien qui lui revenait de la succession de sa mère. La jeune fille ne fut pas plutôt en possession de sa fortune, qu'elle s'empressa d'aller, au nom de son père, trouver la pauvre famille si cruellement dépouillée, et déposa entre les mains d'un notaire, la presque totalité de sa fortune, pour être restituée aux victimes d'un arrêt injuste : elle ne se réserva qu'une somme de douze mille francs, qui composa sa dot. Convaincue qu'il ne suffisait pas d'avoir réparé un tort aux yeux des hommes, mais qu'il fallait encore l'effacer aux yeux de Dieu, elle se consacra au service des autels, et prit le voile dans un couvent de Carmélites. Sa vie entière fut employée à prier pour son père, et sa piété filiale n'a pu manquer de trouver grâce devant le Juge-Suprême des actions humaines.... Agathe était triste et silencieuse. Cette anecdote, racontée avec tous les ménagemens possibles, avait atteint le but que Gaspard s'était proposé : il se leva, prit, sans affectation, congé de mademoiselle Duplessis, l'engagea à vaincre sa répugnance pour Emile, promit d'assister au mariage, et demanda de nouveau la permission de revenir s'informer de l'heureuse issue du voyage de M. Duplessis. Le Missionnaire était dans l'enchantement du succès de sa visite:

II.   4*

dans sa joie, il tira de sa bourse une pièce d'or qu'il destinait à Lucas ; mais une réflexion fort sage vint imposer silence à sa générosité. Il pensa, avec raison, qu'un pareil cadeau suffirait pour inspirer des soupçons, et pour donner l'éveil sur ses projets : il remit doucement la pièce d'or dans sa poche, mais en traversant l'anti-chambre, il donna sa bénédiction, non seulement à Lucas, mais encore à tous les domestiques de la maison qui se trouvaient sur son passage. Gaspard ne regardait point aux bénédictions, mais du reste c'était un homme prudent et économe.

~~~~~~~~~~~~~~~~~~~~~~~~~~~~~~~~~~~~

CHAPITRE XVII.

De quelques accidens causés par les intérprétations données aux Conférences des Missionnaires.

—

Ambroise et Gaspard s'étaient prononcés dans une de leurs conférences contre les mariages purement civils ; ils avaient en quelque sorte déclaré que de pareilles unions ne présentaient de caractère légitime devant Dieu , qu'autant qu'elles étaient sanctifiées par l'église. Cette déclaration s'était encore altérée en passant de bouche en bouche : on l'avait amplifiée dénaturée, et l'on en était venu au point de faire dire aux Missionnaires que les enfans nés de ces alliances devaient être considérés comme des bâtards , et que les époux qu'un seul contrat civil unissait , étaient libres aux yeux de la religion. Cette version , qui avait le tort d'agrandir la pensée des RR. PP. , et de leur prêter une sévérité encore plus grande que celle qu'ils affichaient, mît le trouble et le désordre dans plusieurs ménages. Sainte Vierge , disait une vieille marchande mercière, moi, qui de ma vie n'ai eu le plus petit tort à me reprocher envers le défunt, je serais la mère de deux... oh ! non , ce n'est pas possible !.... les bons Pères se seront trompés !... Si, dans le temps, je

n'ai pas pu faire bénir mon mariage par rapport à la gêne que
nous éprouvions à cette époque, le
pauvre Paturelle et moi, ça ne peut
pas être une raison pour que mes
enfans ne soyons pas légitimement
à nous.... J'ai l'extrait de l'acte
civil en règle :... ça serait le diable
pour raccommoder tout cela, à
présent que leur pauvre père est
mort... Allons, allons, dit-elle, en
secouant la tête, allons trouver
notre brave homme de curé, il
m'expliquera cela mieux que nos
voisins, et du moins je saurons tout
d'un coup comment il faut que
j'appelions nos enfans.

Madame Paturelle s'habille, et
se rend sur-le-champ à sa paroisse,
elle demande à parler à M. Millin;
on l'introduit auprès du curé qui,

dans ce moment, donnait audience à un maître charpentier qui s'était approvisionné de chaleur et d'éloquence au cabaret voisin :... — Mais quand je vous le répète, monsieur le Curé, disait le père Renaud, je sommes libres, et tout-à-fait libres ;... ma femme vient de me l'annoncer, et puisqu'il en est ainsi, de l'avis des Missionnaires, je venons vous demander votre coopération pour en épouser une autre. — Réfléchissez-y, Renaud, ce que vous me demandez est impossible. — Oh ! que non, si vous le vouliez bien. — N'êtes - vous pas marié ? — C'est - à - dire que je le croyais comme vous ; mais le père Gaspard, qui est un homme bien estimable dans son état, a dit à ma femme que ça ne valait rien. — Ah !

mon Dieu! murmura tout bas madame Paturelle, c'est comme chez
nous. — Votre femme s'est moquée
de vous, mon ami, dit le Curé. —
Du tout, Monsieur, du tout; madame Renaud est une brave femme,
à laquelle je n'avons d'autre reproche à faire que d'être un tanti-
net avare, un p'tit brin curieuse...
et jalouse, ah! dam! jalouse!....
aussi, est-elle dans une désolation!... Avant z'hier soir elle est
allée à la Mission avec la commère
Tétier, qui est bien la plus mauvaise langue!... les voilà donc,
comme je vous disais, à écouter les
sermons de ces braves gens! que
Dieu les garde de malencontre
ainsi que vous et la compagnie; ils
prêchaient sur les ménages, à ce
que m'a rapporté la commère, et

sur ce qu'il y avait bien des gens
dans le monde qui se croyaient
bien mariés, et qui ne l'étaient pas
plus qu'eux, ce qui faisait une
grande différence... Là-dessus, ils
ont prouvé, toujours au dire de la
commère, que ceux qui s'étaient
épousés à une certaine époque, et
dont le mariage avait été béni par
de certains prêtres, dans le genre
de celui qui avait pris votre
place en quatre-vingt-douze,
étaient obligés de recommencer
s'ils voulaient que cela fût valable ;
parce que la cérémonie n'était pas
bonne... Vous sentez bien que je
ne vous répète pas au juste leurs
propres paroles, mais ça en ap-
proche pour le raisonnement!...
Tant y a que madame Renaud est
arrivée à la maison comme une

folle ;.... sur-le-champ elle est
venue me relancer à l'atelier.....
Dans le premier moment, je n'ai
pas trop compris ce qu'elle voulait
me dire : elle parlait, pleurait,
se désolait, se lamentait, que c'é-
tait une bénédiction ! ça m'a d'abord
fait de la peine, vrai : mais quand
par après la commère Tétier m'a
eu dit le fond de l'affaire, et m'a appris que les bons religieux avaient
déclaré que je n'étais pas marié
avec ma femme, je me suis senti
soulagé d'un grand poids:... j'ons
tâché de secourir madame Renaud ;.... (je l'appèle toujours
comme ça, malgré le sermon, parce
qu'on ne peut pas, du soir au lendemain, perdre un habitude de
vingt-cinq ans.) Nous sommes par-
venus à la remettre un peu,....

mais, ça n'a pas été pour long-
temps ; elle est retombée dans ses
attaques , et m'a demandé si je
croyais que les Missionnaires eussent dit la vérité ?... — Certainement, ma bonne amie, lui ai-je
fait; mais cette erreur-là n'est la
faute de personne : par ainsi nous
n'avons rien à nous reprocher , et
nous voilà comme avant d'aller chez
le notaire. —Qu'est-ce que tu dis ?
m'a répondu madame Renaud. ...
Je n'entends pas de cette oreille-là :
ce qui n'a pas été fait, se fera, ou
j'y perdrai mon nom... Je n'ai pas
osé la contrarier en face , parce
qu'encore qu'on se quitte , il faut
des égards :... mais une fois que
j'ons été seul avec moi-même, j'ons
pris mon parti; et, puisque j'ons offensé Dieu avec une vieille, je me

suis décidé à faire mon salut avec une jeune, comme de raison : par ainsi, monsieur le Curé, j'ons jetté mon dévolu sur la fille à Simonnin... — Mon cher Renaud, reprit avec douceur M. Millin, il n'y a dans tout cela rien qui puisse vous autoriser à rompre votre mariage. — Les Missionnaires ont soutenu... — Il est impossible qu'ils aient prêché la dissolution des nœuds que l'église a reconnus, et qui ont été bénis.... — Par des intrus, comme ils disent. — La mauvaise conduite du prêtre, n'altère point la pureté du culte, il n'attend point sa dignité du ministre qui l'exerce. Les religieux ont pu, ils ont dû même dans l'intérêt de la religion dont ils se disent les apôtres, solliciter ceux qui ne sont pas venus

*

aux pieds des autels prendre Dieu
à témoin de leurs promesses, de réparer ce dangereux oubli ; mais ils
n'ont pu provoquer la dissolution des mariages contractés par
la bonne foi, cimentés par les lois
de l'état, et par les cérémonies de
l'église, à quelqu'époque que ce
soit, madame Renaud s'est trop
vite alarmée...—Cependant, monsieur le Curé,... il y a bien long-
temps qu'elle est ma femme, et si on
pouvait, sans faire de tort à personne !...—Oh ! le vilain homme ! dit
entre ses dents madame Paturelle !

M. Millin, dont rien au monde
ne pouvait lasser la patience,
demanda à Renaud s'il avait des
enfans ?—Trois garçons, et trois
filles à votre service, monsieur
le Curé, répondit le charpentier,

s'ils en étaient capables.—Eh bien ! mon ami, quand il serait vrai qu'une omission dans les cérémonies eût entaché de nullité votre mariage aux yeux de la religion, il ne cesse pas pour cela d'être valide aux yeux de la société.—Voyez-vous cet arrangement? dit Renaud : il serait bon d'un côté et mauvais de l'autre... —Je vais plus loin, je suppose avec vous que toutes les circonstances concourent à vous rendre libre :.... n'êtes-vous pas père? n'avez-vous pas des enfans?... — Eh! oui, j'ons des enfans, dit Renaud en se grattant l'oreille! — Et vous les abandonneriez ? — Non, chacun sa part.—Et vous consentiriez à les déclarer bâtards!... — Bâtards! s'écria Renaud en élevant la voix, jamais!... Mes enfans des

bâtards!....Et ce mot fit plus d'impression sur le cœur du charpentier que tous les raisonnemens du
Curé, qui sourit en voyant la chaleur que Renaud mettait à repous-
ser cette accusation.— Mon ami,
dit-il à son paroissien, le premier
devoir d'un Chrétien est de remplir toutes les obligations imposées
à l'honnête homme : une assiduité
minutieuse aux cérémonies de l'é-
glise, aux pratiques extérieures de
notre culte, ne suffit point à celui que l'on ne peut tromper, qui
voit jusqu'au fond des cœurs,...
et dont le précepte fut toujours :
Ne faites pas à autrui, ce que vous
ne voudriez pas qu'on vous fît...
—C'est vrai, que c'est de la bonne
morale, ça, monsieur le Curé; mais,
voyez-vous, ce sont ces diables de

Missionnaires.... — Renaud, n'accusons personne du mal que nous voulions faire; retournez chez vous; consolez, rassurez votre femme, à laquelle vous avez eu raison de ne pas confier votre malheureux projet : supportez avec douceur ses défauts, puisqu'ils ne peuvent entrer en comparaison avec la coupable intention que vous manifestiez.... — Cette pauvre mère, si elle savait jamais !... elle m'arracherait les yeux, monsieur le Curé ! — Pour qu'elle ne s'en doute pas, redoublez de soins... — C'est ça ; j'allons l'étouffer de caresses. — J'irai moi-même la tranquilliser. — Vous, monsieur le Curé ! — Et chasser de son esprit l'inquiétude qu'y a fait naître la fausse interprétation qu'elle a donnée au sermon des

Missionnaires. — Vous auriez cette bonté là!... Ah! je pouvons dire que c'est mieux que je ne méritons; car, plus la raison me revient, et plus je m'aperçois que j'avions eu là une mauvaise idée.

— Adieu, mon cher Renaud, dit le Curé en le reconduisant jusqu'à la porte; dans la journée, vous aurez ma visite.

M. Millin rassura madame Paturelle sur les suites de sa négligence. Si le mari eût encore été de ce monde, il n'aurait pas manqué de l'engager à faire sanctifier son mariage par l'église; mais Paturelle était mort depuis long-temps, et la chose devenait impossible. Le bon curé apercevant encore quelques inquiétudes dans l'âme de sa paroissienne, chercha à les dissiper :

il lui infligea une légère pénitence en expiation de son ancien
oubli, et l'exhorta à continuer de
donner à ses enfans l'exemple de
l'amour du travail et de l'attachement à ses devoirs.

En sortant de visiter la famille
Renaud, que, grâce à ses sages conseils, il trouva plus unie que jamais, le Curé se rendit chez un
négociant porté dans son budjet
pour deux dîners par mois ; c'était
le jour du payement de sa contri-
bution. Les parens seuls formaient
la société : on parla beaucoup à table de la mission ; depuis un mois
elle fournissait un épisode à toutes
les conversations du pays. Le maître de la maison, qui jusqu'alors
s'était élevé contre la présence des
Religieux, se déclara en quelque

sorte leur défenseur : ce langage
nouveau étonna tout le monde. On
se demanda, à l'oreille, quelle cause
soudaine avait pu changer ainsi
l'opinion de M. Dolige ; et chacun
était impatient de savoir comment
il pourrait justifier sa nouvelle façon de penser.

J'avoue, dit le négociant, que
j'avais regardé l'arrivée des religieux dans notre ville comme une
chose au moins superflue, et que
j'attribuais à leur influence les querelles de famille dont nous sommes
témoins depuis un mois ; mon opinion à cet égard, quoiqu'un peu
affaiblie, n'est pas encore entièrement changée ; mais je dois, en
homme juste et sage, convenir que
l'effroi que ces bons pères jettent
dans l'âme des coupables, en a ra-

mené quelques-uns à la vertu :...
Et comme plusieurs personnes s'ap-
prêtaient à répondre , M. Dolige
continua :—J'en ai la preuve. Avant-
hier, le plus âgé des Missionnaires
s'est présenté chez moi ; j'ai été on
ne peut plus étonné de sa visite :
Mon frère , m'a-t-il dit, je suis
chargé de remplir auprès de vous
un message important ; ce début a
redoublé ma surprise : jurez-moi
de ne pas chercher à connaître le
nom du pêcheur qui m'envoie auprès de vous : sans savoir à quoi je
m'engageais , je le promis ; alors,
il tira de sa poche un petit sac d'argent qu'il me remit , en m'annonçant que c'était une restitution
qu'on l'avait prié de me faire et
que, pour soulager la conscience
du coupable , dont une pareille

action prouvait le repentir, il avait
accepté avec joie une mission qui
pouvait contribuer à diminuer l'é-
loignement que, jusqu'à ce jour,
j'avais montré pour les dignes in-
terprêtes de la parole de Dieu....
Cette restitution me parut d'abord
un moyen adroit que le Religieux
employait pour servir de passeport
au reproche qu'il m'adressait, et
pour me fournir en même temps
l'occasion d'une aumône qui ne me
coutât rien ; car j'avais beau me
creuser la tête, je ne me rappelais
point que personne m'eût fait aucun tort. Afin d'en avoir le cœur
net, je m'empressai d'offrir au père
Gaspard le petit sac qu'il m'apportait ; mais il le refusa, en me disant
qu'il ne devait point changer la
destination de cette somme, qu'il

s'était engagé à la remettre en mes mains, et non à la recevoir pour lui-même ; que les pauvres n'avaient point de droits sur cet argent ; que la restitution ne serait point entière si j'en disposais ainsi ; et une foule d'autres raisonnemens contre lesquels je n'étais point préparé, et auxquels il me fut impossible de répondre. Je pris donc le petit sac, et, tout honteux, je reconduisis le révérend Père, qui jouissait de ma confusion, et débita, chemin faisant, quelques sentences amères contre les dangers de l'incrédulité, qui mènent droit à l'irréligion. Je n'avais pas le plus petit mot à dire : aussi je me bornai à remercier le Révérend, qui m'engagea à assister à ses conférences...

En rentrant dans mon cabinet, je

fus curieux de connaître le montant de la restitution qui m'était faite; je détachai le petit sac, et j'y trouvai dix louis. — Vingt louis, dit assez étourdiment un neveu de M. Dolige. — Non, mon ami, je n'y trouvai que dix louis: mais, d'où sais-tu que cette somme devait être plus considérable? L'exclamation involontaire d'Alexandre, sa rougeur subite, avaient fixé tous les yeux sur lui; il était facile de deviner qu'il avait le secret de la restitution. — Tenez, mon oncle, dit le jeune homme qui paraissait faire un effort sur lui-même, et prendre une résolution qui lui coûtait un peu, j'avais cru être assez heureux pour vous dérober la connaissance de ma faute; mais je vois que le sort en a décidé autrement. J'aurai le courage de subir la honte que je mérite : heureux encore que l'aveu de mon crime ne vous parvienne qu'après que vous avez été instruit de mon repentir. Il y a deux ans, mon oncle, que je fus entraîné par quelques-uns de mes camarades dans une maison où l'on jouait : après avoir perdu le peu d'argent que j'avais sur moi, je voulus me retirer ; mais, Théodore Dulac, celui qui s'est brûlé la cervelle il y a six mois, ne voulut pas souffrir que je partisse. Pour m'engager à rester, il me prêta quelqu'argent ; et quand je l'eus encore perdu, il me proposa de jouer sur parole, et se rendit ma caution auprès de ses amis. Le sort me persécuta avec un acharnement sans exemple ; je perdis cinq cents francs : j'étais attéré. Dulac me plaignait, il s'emportait avec moi contre la fortune, et renchérissait sur mes imprécations : je le crus mon ami, et lui confiai mon embarras pour le payer... Je lui déclarai l'intention que j'avais de vous avouer ma faute, il m'en détourna; je lui montrai l'impossibilité où j'étais de m'acquitter sans votre secours :... ce mot lui fournit une idée affreuse!... je la repoussai avec horreur; mais il eut l'adresse de me familiariser avec elle, par ses menaces et ses détestables insinuations.... Je pris vingt louis dans votre caisse : il prononça ces mots à voix basse; et sur-le-champ, comme s'il se fût intérieurement reproché d'avoir reculé devant la juste humiliation qu'il devait subir, il se reprit, et les répéta à haute voix. Le Curé fit un pas vers lui, et lui tendit la main.

Quelque temps après, continua Alexandre, ce déficit vous frappa; vous l'attribuâtes à la négligence du caissier, qui avait sans doute oublié d'enregistrer des billets acquittés; il fut privé de la gratification qu'il avait coutume de recevoir. En voyant les suites inévitables de ma faute, je me promis de tout faire pour la réparer : non-seulement je renonçai au jeu, mais je m'interdis toute dépense frivole, et je m'astreignis à une économie qui, en peu de temps, doubla le produit de mes épargnes. Que d'actions de grâces je rendis à Dieu, le jour où je me vis possesseur des vingt louis!.... Cependant, j'éprouvais

II.   5 *

une certaine inquiétude sur la manière dont je m'y prendrais pour faire cette restitution : la honte m'arrêtait encore,... lorsque les Missionnaires arrivèrent à Rochefort.... Je crus pouvoir, avec sécurité, me servir de leur entremise ; j'allai trouver le plus jeune, qui reçut ma confession avec beaucoup d'indulgence, et me félicita sur le courage et la persévérance que le Ciel m'avait accordés pour réparer ma faute. Il reçut mon argent et le remit, devant moi, aux mains de son supérieur, auquel il raconta le sujet de ma visite. Ce dernier me pria de rédiger par écrit ce qu'il appelait ma conversion, et d'y insérer que je la devais aux louables efforts des Missionnaires : j'écrivis ce qu'il voulut, en ayant seulement le soin de lui cacher mon nom. J'épiai le moment où il s'acquitterait de ma commission, et je le vis avec joie arriver avant hier. Jugez de ma surprise, lorsque je vous ai entendu raconter à ces Messieurs que le Missionnaire ne vous avait remis qu'une partie de l'argent que je lui avais confié. — Et le droit de commission ? dit en riant un vieux cousin ; le Religieux ne s'est pas douté qu'il faisait une restitution de famille, et il a cru qu'étrangers l'un à l'autre, vous ne vous confieriez pas, lui sa faute, et toi ta recette. — Alexandre, dit M. Dolige, un peu plus de confiance en moi t'aurait épargné une grande faute, et l'aveu pénible que tu viens d'en faire : mais cet aveu même doit te rendre plus cher à ton oncle ; il

est le sûr garant qu'à l'avenir tu ne
t'écarteras plus du sentier de l'honneur.... Le jeune homme s'élança
dans les bras de son oncle ; il fut
ensuite pardonné , embrassé, ca-
ressé , loué par toute la famille
rassemblée ; le vieux Curé le gronda
un peu de ne pas s'être adressé à
lui : Alexandre s'excusa , en allé-
guant qu'il n'aurait pas voulu s'exposer à perdre l'estime du bon
Pasteur.

A cette scène touchante , succé-
dèrent bientôt des observations pi-
quantes sur la conduite des Missionnaires. M. Dolige était désolé d'en
avoir fait l'éloge : aussi il ne tarda pas
longtemps à revenir sur ses pas ; il
se dédommagea , par une foule de
bons mots, de l'espèce de panégy-
rique qu'il avait commencé. Tandis

que toute la société s'abandonnait à sa gaîté, le bon Curé s'était retiré dans un coin pour réciter son bréviaire : on s'en aperçut, et tel est le respect qu'inspirait ce digne ecclésiastique, qu'à l'instant même les plaisanteries cessèrent, et que, dans la crainte de le scandaliser, on n'osa plus se permettre aucune critique sur les Religieux.

—

CHAPITRE XVIII.

Les Reliques en loterie. — Le père Gaspard entreprend la conversion d'un parent de la Marquise.

—

Madame d'Apreval voyait avec une jalousie, qu'elle ne cherchait pas à déguiser, l'espèce d'empire que M. Monsorand prenait chaque jour sur l'esprit de Gaspard; cet empire, il le devait à quelques conversions utiles qu'il avait procurées aux Religieux, et surtout au zèle qu'il apportait à propager dans la société les discours et les principes de la Mission : c'était un disciple ardent pour lequel les RR. PP. témoignaient la plus profonde estime.

En se mettant l'esprit à la torture, madame d'Apreval parvint à imaginer une excellente manière de concourir à la prospérité de la compagnie : elle en fit part à la sœur Félicie. Il s'agissait de mettre en loterie quelques reliques, dont on n'avait pu se défaire : le prix du billet ne pouvait qu'être excessivement modique, comparé à la haute valeur des objets ; mais, comme il y avait des reliques de différentes dimensions, on fit des lots de divers prix, et l'on s'arrangea de façon à en avoir pour toutes les fortunes. Ces petites loteries furent extrêmement productives, et madame d'Apreval eut la satisfaction de jouir avec orgueil des

résultats brillans de son génie com-
mercial.

La Marquise avait un parent;
c'était un garçon très-opulent, sur
la succession duquel elle fondait
de grandes espérances pour l'éta-
blissement de ses enfans. M. Toussaint, l'un des plus riches proprié-
taires de Rochefort, avait acheté
beaucoup de biens ecclésiastiques
et de biens nationaux; à l'aide des
échanges qu'il avait opérés, des
changemens, des embellissemens
qu'il avait faits à ses nombreuses
acquisitions, ses propriétés avaient
doublé de valeur entre ses mains :
le temps et son industrie avaient
singulièrement augmenté ses reve-
nus. A force de regarder tous ces
biens-là comme devant un jour ap-
partenir à ses enfans, la Marquise

avait fini par oublier leur origine : c'était une femme qui manquait souvent de mémoire. Le vieux
Toussaint partageait sa vie entre le
jeu, la chasse et la table. Il se mo-
quait des cagotteries de sa parente,
qui, dans la crainte de perdre l'héritage, n'osait se fâcher de ses plaisanteries. Toussaint tomba malade,
la Marquise crut qu'il était urgent
de s'occuper du salut de son cousin. Elle alla le voir, et trouva qu'il
était plus mal qu'il ne le croyait
lui-même : elle lui fit entendre que
le moment était venu de mettre
ordre à ses affaires temporelles et
spirituelles ; elle lui parla de testament et de confession, de prêtre et
de notaire ; si bien que le malade,
pour se débarrasser du babil de sa
cousine, consentit à recevoir les

II.   6

visites des deux personnages que lui proposait la Marquise. Celle-ci, qui redoutait que le parent ne changeât de disposition, et qui était bien aise de profiter du moment où il n'avait pas la tête à lui, pour le convertir et le faire tester, lui envoya Gaspard, auquel elle recommanda de plaider la cause de ses petits enfans. Le Missionnaire promit tout ce qu'on voulut; muni de ses instructions, il s'achemina vers la maison de M. Toussaint.

Les libertins ont, pour l'ordinaire, beaucoup de peur de la mort; ils se détachent avec peine de ce monde, dans lequel ils ont placé tous leurs plaisirs : athées tant qu'ils se portent bien, ils deviennent superstitieux dès qu'ils sont malades, et racheteraient volontiers une année d'existence, par des sacrifices de toute espèce : trem- blans à l'aspect du danger qui les menace, ils implorent alors avec ferveur la miséricorde du Dieu dont ils ont méconnu la puis- sance quand ils étaient en bonne santé. Gaspard qui connaissait une partie de la vie de M. Toussaint, prévit, avec raison, qu'il ne ha- zarderait pas en vain son éloquence auprès du malade ; mais Gaspard avait trop d'esprit pour perdre son temps à travailler pour autrui.

Il n'avait pas fait trois visites au moribond, que celui-ci songeait déjà à racheter ses torts par l'aban- don d'une partie de sa fortune en faveur des Missionnaires. Cet en- fer, dont on l'effrayait, se pré- sentait sans cesse à son imagination

*

affaiblie par les souffrances, et dans
le peu de momens lucides qu'il
avait, il se disposait à rédiger l'acte
de donation, au moyen duquel il
devait, avec la protection de Gaspard, obtenir la rémission de tous
ses péchés.

La résolution de Toussaint ne
put pas être tenue long temps secrète; elle transpira, et, grâce aux
soins de Lucas, elle parvint à la
connaissance de mademoiselle Duplessis. Depuis son dernier entretien avec Gaspard, Agathe roulait
dans sa tête une foule de projets,
qui se détruisaient les uns les autres, mais qui tous avaient pour
but de rompre son mariage. Elle
était décidée à rester fille; les exemples cités par le Missionnaire de
jeunes personnes qui avaient con-

sacré leur vie à expier les torts de leurs parens, avaient séduit son cœur. Agathe, on le sait, se gouvernait presque toujours d'après l'opinion d'un autre, et le Religieux avait eu l'art de s'emparer de toute sa confiance. Il lui était déjà venu dans l'idée de se réfugier dans une maison religieuse, dont on cherchait à jeter les fondemens dans la ville, et de la doter de tous ses biens ; mais elle craignait que le voyage de son père n'eût pas un résultat heureux, et par un reste de piété filiale, qui l'emportait encore sur sa dévotion naissante, elle n'osait disposer de sa fortune, tant que celle de son père serait incertaine.

Gaspard s'était contenté de répondre à la Marquise, qu'il avait

soin d'éloigner de la chambre du
malade lorsqu'il y entrait, que son
parent était dans les meilleures dispositions possibles, et que son salut lui paraissait une chose assurée.
Madame de Véniac enchantée, ne
poussait pas ses questions plus
avant ; elle se félicitait de l'idée
qu'elle avait eue de confier ses intérêts au Religieux. Le soir elle
racontait, à qui voulait l'entendre,
les progrès de la conversion et de
la maladie de son cousin ; elle recevait les complimens de tout le
monde sur la succession du parent,
à qui elle se proposait, disait-elle,
de faire faire des obsèques magnifiques, et à l'enterrement duquel
elle se faisait un plaisir d'inviter
à l'avance toutes les personnes de
sa connaissance.

La surprise et l'indignation de
madame de Véniac furent extrê-
mes, quand elle apprit que Gaspard avait profité de l'accès qu'elle
lui avait ménagé auprès de son parent, pour se faire léguer une partie des biens sur lesquels elle se
croyait des droits irrécusables. Sa
colère s'exhala en termes injurieux,
et elle se hâta d'aller trouver son
cousin, qu'elle étourdit de ses
plaintes et de ses reproches. Le
pauvre malade eut toutes les peines
du monde à se débarrasser de la
Marquise; elle se rendit sur-le-
champ chez les Religieux... Qu'a-
vez-vous fait? dit-elle à Gaspard...
Et ces mots, prononcés avec fureur, semblèrent avoir épuisé son
courage, car elle se jeta dans un
fauteuil, attachant ses regards sur

le vieux Missionnaire , qui, préparé d'avance à cette scène, ne laissait paraître aucune émotion, et répondit avec sang froid : mon devoir , Madame. —Votre devoir,
monstre ! s'écria la Marquise en se
levant de dessus son fauteuil , où
les soins de Félicie voulaient la
retenir : .... votre devoir est - il
d'extorquer à un moribond l'héritage d'une famille qui vous a com-
blé de bienfaits? de vendre au pécheur l'absolution de ses fautes ?...
Votre devoir! ... elle ne put achever: la rage la suffoquait , et les
mots expiraient sur ses lèvres trem-
blantes... —Madame la Marquise,
répliqua avec la plus épouvantable
douceur le père Gaspard, depuis
long - temps je suis accoutumé à
tout supporter pour la grande

gloire du Christ et le triomphe de la
plus sainte des causes ; cependant,
je ne puis me défendre d'un sentiment de douleur, en recevant de
vous des reproches si peu mérités.
—Comment ! répliqua madame de
Véniac, ... comment, vil hypocrite, tu n'as pas détourné à ton
profit une partie de l'héritage de
Toussaint ; tu n'as pas enlevé à
mes enfans des biens !... —Qu'ils
ne pouvaient posséder sans perpé-
tuer le crime de leurs parens. —
Qu'oses-tu dire? —La vérité. L'é-
ternelle bonté du Créateur n'a pas
permis que le mensonge souillât
un instant mes lèvres. Votre parent
a éprouvé la clémence Divine ; la
Grâce l'a touché. —Mais, sa fortune?... —Il a frémi du précipice
dans lequel l'avaient entraîné les

innombrables erreurs de sa vie. — Sa fortune?... — Dieu, dont la miséricorde est infinie, a pris en pitié son repentir; il a reçu l'abjuration du coupable, et le chemin du Ciel lui est ouvert. — Sa fortune!... répéta une troisième fois la Marquise, avec un trépignement de pieds, qui décélait l'excès de son indignation, qu'a-t-elle de commun avec tout cela? Ne peut-on se repentir sans payer? — Sa fortune, ma chère Dame, répondit Gaspard, elle était la première cause de ses crimes : la source en était impure, il s'est hâté de se purifier. Ces biens, que vous revendiquez avec opiniâtreté, avaient appartenu jadis à notre sainte Eglise. — Que m'importe, ils revenaient à mes enfans.... — Il s'est dépouillé des obstacles qui s'opposaient à son salut... — Son salut! tenait-il à ces biens? ne les avait-il pas achetés, payés de ses propres deniers; n'avait-il pas dépensé à les embellir une partie de sa fortune? N'ont-ils pas aujourd'hui une valeur triple de celle qu'ils avaient alors?... Non, mon cousin, qui toute sa vie a été un galant homme, qui, tout le temps qu'il a été libertin, n'a pas fait tort d'un sou à sa famille : mon cousin ne voudra pas au moment où il se réconcilie avec Dieu, se brouiller avec ses bons parens...

— Et quand il serait vrai, dit Gaspard, que sa fortune eût une origine différente, n'est-elle pas sa propriété? n'est-il pas libre d'en disposer à sa volonté? et ne doit-on pas désirer qu'il en fasse un digne

usage! Quel plus noble emploi
pouvait-il en faire, que d'en consacrer une partie à réparer les ou-
trages de l'impiété, et à procurer
aux dignes apôtres du Christ les
moyens de rebâtir son église? Et
vous, continua-t-il en s'approchant
de la Marquise, et en adoucissant
le son de sa voix, vous, dont les
principes religieux ont plus d'une
fois édifié les habitans de ces con-
trées, ne devriez-vous pas des actions de grâces au Dieu de l'univers, qui a daigné inspirer à votre
parent l'heureuse idée d'échanger
des biens périssables, contre une
félicité éternelle?—Moi, des actions de grâce, lorsque je me vois
dépouillée, spoliée d'une partie de
ma fortune!...—Quels droits aviez-
vous sur ces biens, vous, dont le

zèle par trop sévère a souvent irrité le cœur de votre cousin ; vous,
dont l'inquisition continuelle , les
reproches haineux ont peut-être re-
tardé sa conversion, et qui, sans mon
secours , auriez enlevé cette âme à
Dieu.—C'en est trop , dit madame de
Véniac, dont la fureur ne connaissait plus de bornes. J'aurai raison
d'une pareille conduite , et la ville
entière saura bientôt.....—Chère
dame qu'allez-vous faire ? Où vous
emporte un injuste couroux ?...
Je ne cherche point à me dérober
aux humiliations qu'il plaît au seigneur de m'envoyer ; mais vous ,
dont la piété est si généralement
admirée ; vous dont les utiles conseils et les sages discours ont si
généreusement protégé notre sainte
entreprise , n'allez pas détruire

votre ouvrage , et vous perdre par
par une accusation , dont le ridi-
cule retomberait sur vous seule.....
— Détestable hypocrite, murmura
entre ses dents la marquise. — Ma
sœur , reprit Gaspard , laissez aux
misérables qui nous persécutent la
ressource de ces injures grossières,
et ne séparez pas le prêtre de l'autel. Votre parent n'a cédé qu'à ses
remords, et en rendant public, ce
soir, le miracle de sa conversion;
je le recommanderai aux prières
de tous les fidèles. — Patience!
patience! dit madame de Véniac,
vous ne triomphez pas encore ; je
n'abandonne pas la partie, et vous
me trouverez constamment occupée du soin de faire échouer vos
abominables projets!... Elle sortit; Gaspard la reconduisit avec

les plus grands égards, et ne répondit aux invectives dont elle l'accablait, que par un sang froid imperturbable, ou par des observations respectueuses, dont la politesse égalait la fausseté.

Que fera la marquise? Ébruitera-t-elle son aventure? on rira à ses dépens. N'a-t-elle pas, dans mainte circonstances, crié *haro* contre les possesseurs de biens du clergé? n'a-t-elle pas affiché mille fois des principes tout - à - fait opposés à ceux que son intérêt la force de soutenir aujourd'hui? Et cependant il faut parer au coup qui la menace; il faut lutter contre la puissance effrayante de Gaspard, et la faiblesse de son cousin? A qui s'adressera-t-elle dans cette conjecture? où ira-t-elle chercher un auxiliaire ?.... Où?.... Un seul homme se présente à sa pensée, comme pouvant détruire les artifices du Missionnaire, et cet homme, c'est le vieux curé Millin, ce digne pasteur dont elle a si hautement blâmé la tolérance, et à la tolérance duquel elle est maintenant forcée d'avoir recours.

CHAPITRE XIX.

Le Moribond, le Missionnaire et le Curé.

—

Monsieur Millin écouta avec beaucoup de patience les plaintes de la Marquise, qui lui exposa longuement tous ses griefs contre le Religieux. Il aurait pu, sans doute, lui reprocher à son tour l'ardeur qu'elle avait mise dans le commencement à accréditer les Missionnaires; mais le digne ecclésiastique r vit, dans ce qu'on lui demandai que l'occasion d'une bonne œu à faire, et ce seul motif fut s

II. 6*

sant pour le déterminer à promettre ses soins au parent de madame
de Véniac.

Gaspard fut tout étonné, à sa
première visite, de trouver le vieux
curé de Saint-Jacques assis au chevet du lit du moribond. Toussaint
était mieux; son bon sens commençait à lui revenir, il indiqua de
la main, au Missionnaire, un siége
à gauche, et l'invita à s'y asseoir;
Gaspard s'y plaça, et s'apercevant
que le curé ne se disposait point à
sortir, il entra en matière, espé-
rant que les intérêts de l'Église lui
procureraient un auxiliaire puis-
sant dans la personne de M. Millin, qui devait, disait-il, à l'esprit
du corps, le sacrifice de son amour-
propre.

Fidèle à la parole que je vous

avais donnée, dit le Missionnaire au moribond, je venais, mon frère, achever de vous préparer le chemin du ciel. — La vie de M. Toussaint, répliqua le Curé, a sans doute été remplie d'actions frivoles ; mais comme elle n'a été souillée d'aucun crime, qui ait pu attirer sur lui la colère céleste, il a tout lieu d'espérer en la bonté du Seigneur. Gaspard fronça le sourcil ; et Toussaint, frappé de cette douceur d'expression à laquelle il n'était point accoutumé, tourna ses regards vers le curé. — Je suis très-éloigné, reprit le Missionnaire, de désespérer du salut du pêcheur même le plus endurci ; mais il faut que des sacrifices désarment la vengeance du Très-Haut ! — Un repentir sincère suffit à Dieu, dit M. Millin, dont la main pressait légèrement celle du malade. — Et sur quelles preuves, répondit Gaspard avec humeur, appuyerez-vous le repentir d'un coupable qui, dans quelques momens peut-être, aura cessé d'exister? — Plus on est près de quitter les hommes, moins on a d'intérêt à les tromper. — Ce ne sont point de vaines paroles qu'il faut à mon Dieu ! ce sont des actions expiatoires qui purifient l'âme qui va paraître devant lui !.... C'est en contribuant à relever les autels de la religion, si long-temps méconnue, avilie, que l'on se rend favorable le ciel, dont elle est la fille!..... Et le Missionnaire, de qui l'éloquence furibonde ne demandait qu'un prétexte pour éclater, se hâta de porter la terreur dans l'âme du pauvre Toussaint. C'était une singulière position que celle du moribond entre deux ministres catholiques, qui, tous les deux, au nom du même Dieu, lui prêchaient une morale si opposée!.... Gaspard enchérissait sur les peines dues à ses moindres actions; il convertissait l'indifférence en hérésie, la faiblesse en crime, et lui faisait un devoir de racheter la miséricorde du Seigneur, en abandonnant à ses ministres une partie des biens qui avaient causé sa perte, et creusé l'abîme où il s'était plongé. M. Millin, au contraire, s'élevait contre de telles maximes; il n'y a pour les prêtres, disait-il, d'autre richesse que la bénédiction de Dieu, et par ses conseils, il cherchait à conserver à la famille de Toussaint les biens qui formaient son héritage; il rassurait la conscience du malade, il adoucissait ses derniers momens, que par un excès de zèle le religieux empoisonnait des prédictions les plus affreuses..... L'un montrait à Toussaint l'enfer qui l'attendait, comme la punition inévitable de sa conduite passée; tandis que l'autre lui faisait espérer le paradis pour la récompense du peu de bien qu'il avait fait sur la terre. Le premier parlait à son imagination, et cherchait à l'effrayer; le second s'adressait à son cœur, qu'il s'efforçait de toucher..... Cependant les horribles tourmens : les souffrances éternelles dont Gaspard avait menacé le moribond, l'affectaient beaucoup moins, depuis que le bon curé lui avait persuadé qu'un repentir sincère efface toutes les fautes. La discussion un peu vive des deux ecclésiastiques pénétra Toussaint d'une secrète indignation pour le fanatisme intolérant, et d'un saint respect pour la véritable piété. Combien cette religion, dont l'épouvantable sévérité le faisait frémir dans la bouche de Gaspard, lui parut douce et consolante dans celle de M. Millin ! Cependant, par un reste d'égards que sa situation rendait excusable, le pauvre malade n'osa se prononcer devant le Missionnaire; il le laissa partir sans le désabuser. Mais dès le même jour il fit appeler son notaire, et devant le digne curé, il lui dicta ses dernières volontés. Il légua la majeure partie de ses biens à ses petits cousins qui valaient mieux que leur mère, il fonda deux lits dans l'hospice de la Charité, et voulut remettre à M. Millin une somme assez considérable pour l'embellissement de la grande chapelle de son église; le bon prêtre la refusa. Le Dieu que nous servons, dit-il, s'indigne de voir ses *temples inanimés* regorger de pourpre et d'or, quand les hommes, ses *temples vivans*, tombent en lambeaux de misère et d'inanition. On convint que la somme serait partagée entre plusieurs ménages qui languissaient dans l'indigence la plus profonde..... Ces dispositions sages et bienfaisantes raffraîchirent le sang du malade; les pieuses exhortations du curé

versèrent un baume salutaire sur
les plaies de son âme, et le dispo-
sèrent à paraître sans crainte au
tribunal de Dieu.

La Marquise, honteuse de devoir un pareil service à l'homme
dont elle avait si long-temps méconnu les vertus évangéliques, s'indignait d'avoir été la dupe de l'hypocrisie de Gaspard. Elle était devenue l'ennemie la plus acharnée
des Missionnaires, contre lesquels
sa haine s'exhalait à tout propos.
Elle alla remercier le curé, qui la
réprimanda doucement sur l'in-
convenance d'une semblable conduite; et comme madame de Véniac exprimait le désir de lui témoigner sa reconnaissance, le digne ecclésiastique lui répondit, en
la conjurant d'oublier l'offense

II.   7

qu'elle avait reçue du père Gaspard, et en la priant d'user à son égard de tous les préceptes de la charité chrétienne. La Marquise se disait, en sortant du presbytère : on ne conçoit rien à cet homme-là, il pardonne à tout le monde.

CHAPITRE XX.

Nouvelles de M. Duplessis. — Tentatives de Gaspard auprès de mademoiselle Agathe.

—

La présence du Curé avait singulièrement contrarié Gaspard; il était sorti furieux de chez Toussaint. Les honnêtes gens supposent de la probité à tout le monde; le Missionnaire soupçonna le Curé de vouloir aller sur ses brisées, et de détourner à son profit une partie des biens que le moribond avait promis aux Religieux; il voyait avec peine un autre profiter de sa pieuse industrie, et lui enlever le prix de ses travaux apostoliques. Cet échec, auquel il ne s'était pas attendu, lui fit sentir la nécessité de profiter de l'absence de M. Duplessis pour hâter la résolution de mademoiselle Agathe : dans cette intention, il prit le chemin de la maison du négociant.

On venait d'y recevoir des lettres de Bordeaux : M. Duplessis annonçait à sa famille le succès de son voyage. Il était arrivé à temps pour retirer ses fonds de la maison de banque où il les avait si imprudemment placés ; et sa fortune se trouvait maintenant plus assurée que jamais : cette bonne nouvelle avait répandu la joie sur tous les visages. Ce contentement général alarma le Missionnaire ; Lucas le

rassura en lui en révélant la cause ;
il avait feint de prendre part au
chagrin de la famille, il ne pouvait manquer de se réjouir de son
bonheur : aussi fit-il demander à
madame Duplessis la permission de
lui offrir ses félicitations. Madame
Duplessis était légèrement indis-
posée : les visites du R. P. ne lui
étaient pas agréables, elle se servit
du prétexte de son indisposition
pour se dispenser de le recevoir.

Le Religieux se retirait, le dépit dans l'âme, lorsqu'au bas de
l'escalier il rencontra Lucas qui,
posant le doigt en travers sur ses
lèvres, lui fit signe de le suivre
en silence. L'espoir rentra sur-le-
champ au cœur de Gaspard ; il suivit le domestique, qui le conduisit
dans une petite chambre éloignée

du corps de logis; là, il le laissa
seul, en le prévenant que mademoiselle Duplessis aînée viendrait
le rejoindre dans un instant.

Agathe, sur l'esprit de laquelle
les discours de Gaspard n'avaient
fait que trop d'impression, éprouvait un vif sentiment de plaisir
causé par la lettre de son père;
mais en même temps elle craignait
son retour, parce qu'alors elle se
voyait forcée de contracter un mariage pour lequel on lui avait persuadé qu'elle avait une forte répugnance. Tout le temps que la fortune de M. Duplessis avait été me-
naeée, sa fille s'était fait une douce
idée de lui sacrifier la sienne; maintenant que celle de son père était
hors de danger, elle formait le
dessein de se sacrifier elle-même,

pour racheter le salut de ses parens. Gaspard avait tant de fois
prononcé l'anathême contre les injustes possesseurs de ces biens sacrés, il avait si souvent affirmé que
Dieu ne cesserait jamais de poursuivre ceux qui s'étaient rendus
coupables de cet énorme sacrilége,
que la pauvre enfant ne doutait
pas un instant de la damnation de
toute sa famille. Cette résolution
n'avait d'abord été de sa part qu'un
de ces caprices légers qui n'ont que
la durée du moment : mais les entretiens du Missionnaire, cette pein-
ture de la vie douce et tranquille du
cloître , cette différence de religion entre elle et son fiancé Emile
Hérard , dont on l'avait si habilement effrayée , la scène du bal , les
exemples cités par Gaspard, les

conversions de Borel et de Léonard , les discours insidieux de
quelques vieilles dévotes , avaient
donné à ce projet une consistance
telle, que mademoiselle Duplessis
était disposée à braver tous les
obstacles qui pouvaient s'opposer
à ce qu'elle appelait sa vocation.

Mademoiselle Duplessis arriva ;
elle fit, en tremblant, sa confidence au Missionnaire. La figure
du religieux s'épanouit, il tressaillit
de joie.... Chère enfant, dit-il ,
en lui pressant dévotement la main,
Dieu seul peut vous avoir inspiré
cette noble résolution : la grâce
vous donnera le courage nécessaire
pour l'accomplir.

Toute la force d'Agathe était
dans son imagination; aussi, lorsque Gaspard lui parla d'abandon-

ner sa famille, un déluge de pleurs inonda son visage. L'idée de se séparer à jamais de ses parens, brisait son cœur. L'image qu'elle se faisait du chagrin qu'elle allait causer à son père, à sa belle-mère, à sa sœur, comprimait de temps en temps l'élan de sa dévotion ; elle ne cacha aucune de ses hésitations à Gaspard, dont elle invoqua le secours contre elle-même. Il n'était que trop disposé à la servir ainsi.

Le religieux se consolait intérieurement du mauvais succès de ses soins auprès de Toussaint, par la certitude d'une réussite complète auprès de mademoiselle Duplessis ; il n'épargna ni les louanges ni les promesses pour la maintenir dans son projet de rendre à l'Eglise, c'est-à-dire, aux Missionnaires, des biens qui ne leur avaient jamais appartenu. Gaspard connaissait la faiblesse et les replis du cœur humain ; il savait que l'amour-propre est le mobile de toutes nos actions, et que la dévotion, quelque sincère qu'elle soit, ne le bannit pas toujours de notre pensée ; aussi s'adressait-il souvent à l'amour-propre d'Agathe. Le bonheur qu'elle allait goûter désormais dans la pratique des vertus chrétiennes, dans des exercices de piété qui marqueraient chacune des heures de sa vie, ne pouvait, disait-il, se comparer à celui qu'elle allait procurer à son père ! Quelle gloire l'attendait dans le ciel !... de quels éloges elle allait être comblée sur la terre ! De même que Jésus-Christ était mort sur la croix pour

le salut du monde entier ; de même
elle allait s'ensevelir pour racheter
les péchés de sa famille ! Ce dévouement filial, qu'il égalait aux
plus belles actions des premiers
temps du christianisme , ne cessait
d'être pour lui l'objet d'une sainte
admiration. Ces éloges si perfides
pénétrèrent doucement le cœur de
la jeune fille ; ils triomphèrent
de ses derniers scrupules , et lui
rendirent faciles les plus grands sacrifices. A ce sentiment de piété
filiale, respectable même dans ses
erreurs, qui dirigeait la conduite
d'Agathe, se joignait un petit grain
de vanité qui lui persuadait que
sauver son père dans l'autre monde,
était le plus beau rôle qu'une fille
pût jouer dans celui-ci.

On avait tant de fois répété à mademoiselle Duplessis que son mariage ne se ferait pas, qu'elle avait pris les prédictions de la magicienne pour des avertissemens du ciel. Gaspard lui avait si souvent parlé des douceurs du couvent, qu'elle se persuada qu'elle avait un goût décidé pour la vie religieuse; cette mobilité de sensations, cette faiblesse de caractère, donnaient beau jeu au Missionnaire, qui, constant dans ses projets, suivait invariablement le plan qu'il s'était tracé.

Gaspard, afin d'exciter encore davantage Mlle Duplessis, s'amusa un instant à feindre de se refuser à ses désirs; ainsi l'ennemi fuit pour vous attirer dans le piége. Il opposait à la jeune fille la désolation de son père, auquel cependant, ajoutait-il avec hypocrisie, il reste encore un enfant qui n'aurait jamais été capable de se condamner à la retraite pour le sauver ; il parla du chagrin de sa belle-mère ; mais, ajouta-t-il encore, votre résolution ne saurait l'affliger long-temps. —Ah! si vous saviez comme elle m'aime, dit Agathe!... — Beaucoup, sans doute, répliqua Gaspard; mais cependant un peu moins qu'elle n'aime sa fille, et cela est naturel. — Jamais pourtant elle n'a fait de différence entre nous deux! —Ou du moins a-t-elle eu l'adresse de vous cacher la préférence que son cœur accordait en secret à mademoiselle Eugénie... Au surplus, chère enfant, ne croyez pas qu'en vous parlant ainsi, je cherche à diminuer le mérite d'un dévouement que je re-

garde comme le plus sublime effort
de la piété filiale ; mais s'il est de
mon devoir de vous montrer les
regrets que fera naître votre absence , je dois aussi vous prémunir
d'avance contre les importunités et
les séductions de votre famille,
trop généreuse, sans doute, pour
consentir d'abord au sacrifice que
vous voulez lui faire , ou trop
aveugle pour n'en pas apprécier
tous les avantages.

C'est ainsi que l'adroit Religieux
exaltait la dévotion ou flattait l'a-
mour-propre de mademoiselle Duplessis ; c'est ainsi qu'il la détachait
peu-à-peu de ses parens , en s'efforçant de diminuer à ses yeux l'attachement qu'ils avaient pour elle ;
en affaiblissant dans le cœur de la
jeune fille , par des observations

perfides ou par des censures amères
contre sa famille, le respect et l'o-
béissance qu'elle devait à son père.

Employant tour-à-tour la flat-
terie qui amollit l'âme, les menaces qui la compriment, Gaspard
se rendait maître de toutes les
pensées d'Agathe ; il établissait
son empire sur les sentimens les
plus contraires de l'innocente dévote, et arrivait ainsi à son but
par tous les chemins. Le piége
tendu à la bonne-foi, à la crédulité de mademoiselle Agathe, était
dressé avec trop d'art pour qu'elle
pût s'y dérober : déjà ses affections
étaient moins vives, les souvenirs
de son enfance échappaient doucement à sa mémoire. La tendresse
dont sa belle-mère lui avait donné
tant de preuves, ne lui paraissait

maintenant qu'un devoir dont elle
s'acquittait avec moins de plaisir
que d'exactitude ; l'amitié de sa
sœur avait perdu tout son charme
à ses yeux, et cette fille, si docile
aux leçons d'un prêtre étranger, ne
songeait aux conseils qu'Eugénie
s'était quelquefois hasardée à lui
donner, que pour s'indigner de
l'empire que sa jeune sœur avait
osé chercher à prendre sur elle.
Son père seul conservait encore
tous ses droits sur son cœur, et
cette tendresse pour l'auteur de
ses jours, devenait entre les mains
de Gaspard une arme puissante,
dont il se servait habilement pour
décider mademoiselle Duplessis à
abandonner sa famille.

Oui, je le sauverai, dit-elle en
se levant, les yeux rouges de lar-

mes, et c'est à vous, mon père, c'est
à vos sages avis que je devrai ce
salut précieux ! Ne retardez pas le
moment le plus beau de ma vie;
dès aujourd'hui je renonce à ce
monde dont vous m'avez dépeint
la légèreté, j'abjure des sentimens
dont vous m'avez démontré l'in-
constance. Que ma sœur console
mes parens de ma conversion !
qu'elle brille aux regards frivoles !
qu'elle devienne la gloire d'une
autre famille ! rien de tout cela ne
flatte mon cœur : et cependant, en
parlant ainsi, Agathe ne pouvait
se défendre d'un petit levain de
jalousie qui fermentait en secret
dans son âme. — Vous avez raison,
dit le Missionnaire: de si brillans
avantages ne sont souvent que des
occasions de péché ; la sagesse les

II.   7 *

dédaigne au lieu de les envier; dans
la retraite, où Dieu vous appèle,
nous prierons ensemble pour celle
que de funestes attraits exposent à
tous les dangers d'un monde cor-
rompu; et bientôt, jeune épouse
du Seigneur, après avoir racheté
les... fautes de votre père, vous de-
viendrez l'Ange destiné à préserver
votre sœur des embûches du démon. Dans tout cet entretien, il
n'avait pas une seule fois été question d'Emile : cette idée que son
mariage ne devait pas avoir lieu,
était tellement entrée dans la tête
d'Agathe, que son fiancé lui était
presque devenu étranger; elle avait
renoncé à lui avec d'autant plus
de facilité, qu'on doit se rappeler
qu'elle l'avait, non pas choisi, mais
accepté, et que ce mariage, ar-

rangé d'avance par les deux familles, n'était point une de ces alliances où l'amour joue le principal rôle.

Rien ne s'opposait donc au triomphe du Missionnaire; la jeune fille était résolue au sacrifice de sa liberté : une donation libre et entière de ses biens devait être le premier acte de sa conversion; mais ce courage, qu'elle éprouvait loin de ses parens, elle tremblait qu'il ne s'évanouît en présence de sa famille : d'un autre côté, Gaspard, en l'affermissant dans la décision qu'elle avait prise, voulait, disait-il, lui en laisser les honneurs, et, sous ce prétexte, qui ne manquait pas d'une certaine délicatesse, il se dispensa de paraître en rien dans le parti qu'il faisait

prendre à mademoiselle Duplessis.
Comme le retour du négociant
pouvait, d'un moment à l'autre, dé-
ranger toutes ses combinaisons,
Gaspard fit pressentir à la jeune
fille la nécessité de profiter de l'absence de son père pour consommer
l'action généreuse qu'elle méditait,
et qui devait accumuler sur sa tête
les bénédictions du Ciel.

Agathe promit de quitter la maison paternelle le lendemain soir,
à la nuit tombante, et de s'aller
mettre en retraite chez une dame
Gerbier, qui partageait avec madame d'Apreval l'amitié de Félicie
et la confiance de Gaspard. Cette
dame Gerbier, née de parens pauvres, avait passé la plus grande
partie de sa jeunesse auprès de
l'ancien curé de Notre-Dame, qui,

par amitié, l'appelait sa nièce. A
sa mort, le bon ecclésiastique lui
laissa tout ce qu'il possédait : en
conséquence, madame Gerbier hé-
rita d'une petite maison et de dix
mille francs. Elle employa l'argent
à traiter d'un bureau de loterie , à
côté de l'hôpital. C'était là que se
réunissaient ordinairement les dévotes du quartier. Ce lieu parut au
Missionnaire un asile impénétrable, où mademoiselle Duplessis serait à l'abri des recherches et des
persécutions de sa famille.

CHAPITRE XXII.

Pensées secrètes d'Ambroise. Dispositions de Félicie relativement au départ de mademoiselle Agathe.

LE même soir, après qu'Ambroise se fût retiré dans sa chambre, Gaspard se rendit auprès de Félicie; il lui raconta l'entretien qu'il avait eu avec Agathe, ainsi que la résolution qui en avait été la suite. Félicie ne douta pas un instant du succès, mais elle pensa qu'il était important d'environner la jeune personne de gens sûrs et dévoués;

et dans cette occasion, elle ne voulut s'en rapporter qu'à elle-même. La prudence de Felicie allait si loin, qu'elle aurait voulu pouvoir faire partir sur-le-champ mademoiselle Agathe pour Saintes ou pour La Rochelle. Dans une de ces deux villes, quelqu'âme charitable l'aurait encore plus facilement dérobée aux injustes poursuites de ses parens.

Le jour paraissait à peine, et Félicie accourut chez madame Gerbier la prévenir de la visite qu'elle allait recevoir, et lui recommander le secret. Le choix du notaire qui devait rédiger l'acte de donation était aussi une chose essentielle. Les deux femmes s'en occupèrent; la buraliste qui les connaissait tous, balançait entre eux. Maître

Blondeau, disait-elle, est trop riche, il ne voudra pas se déplacer ; maître Girard est un de ces honnêtes gens qui ne voient jamais assez clair dans la conduite de leurs cliens, et qui ont le secret de trouver des obstacles à tout ; il ne manquerait pas d'en inventer quelques-uns à la confection de l'acte religieux que nous désirons ; il reste maître Fraudin, dont la réputation n'est peut-être pas excellente, mais qui prête volontiers son ministère à ceux qui le réclament, et n'a pas la sotte manie de donner des conseils à ceux qui n'en demandent pas. Comme il est moins scrupuleux que ses confrères, il est un peu plus cher. — Notre choix, dit Félicie, ne saurait être douteux ; faites prévenir maître Fraudin. Le ciel, impénétrable dans ses décrets, se sert souvent des moyens les plus extraordinaires pour parvenir à toucher le cœur des mortels ; peut-être l'acte qu'il va dresser inspirera-t-il au notaire des sentimens plus conformes à la religion.

On procéda ensuite à l'ameublement de la chambre qu'on destinait à mademoiselle Agathe ; Félicie pensait à tout. Les murs furent couverts de gravures pieuses ; le sacrifice d'Abraham, le Vœu de Jephté, et une foule d'autres sujets tirés de l'Ecriture Sainte, se disputaient l'avantage d'attirer les regards, et de jeter l'âme dans une douce rêverie, qui la préparait à imiter de pareils exemples, et à ne jamais reculer devant les sacrifices

II.   8

que Dieu exige de sa créature. Tout
ce que l'art a de plus recherché se
trouvait réuni dans les deux pièces réservées à la jeune dévote.
Elles brillaient encore moins par la
richesse des meubles que par le
goût et l'élégance avec lesquels ils
étaient disposés ; ils étaient surtout
remarquables par cette propreté
exquise qui sait donner de l'éclat
et du prix aux moindres choses.

Ambroise , que Gaspard n'em-
menait plus avec lui lorsqu'il visi-
tait la maison Duplessis n'en conservait pas moins un vif souvenir
de ce qu'il y avait vu ; Eugénie ne
cessait d'être continuellement présente à sa mémoire. Si Gaspard l'en
avait cru , Rochefort aurait été le
terme des travaux de la Mission ;
les Religieux se seraient établis

dans la ville où ils auraient été uniquement occupés du salut de ses habitans. Celui de l'aimable Eugénie était l'objet des vœux ardens et secrets d'Ambroise; il le demandait au ciel, dans chacune de ses prières. La jeune fille, dont l'image se mêlait à toutes ses pensées, avait pris place dans son cœur à côté de Dieu. Souvent Ambroise s'interrogeait sur la nature du sentiment qu'il éprouvait. Ce n'est point ainsi que j'ai aimé ma sœur, se disait-il à lui-même avec étonnement; et tout en cherchant à se convaincre que les charmes d'Eugénie n'ajoutaient rien à la force de son attachement pour elle, il les détaillait avec complaisance, et chacun d'eux devenait tour-à-tour l'objet de ses éloges. Que

*

n'aurait-il pas donné pour passer ses jours auprès d'elle, et la garantir des séductions mondaines ! il eut offert sa vie pour lui assurer le ciel !

Le jeune Missionnaire voyait avec douleur approcher le moment où il allait se séparer d'Eugénie : il ne pouvait s'accoutumer à l'idée qu'elle lui deviendrait tout-à-fait étrangère, et que son sort lui serait désormais inconnu. Une pensée singulière le tourmentait aussi; il aurait désiré savoir si la jeune fille ressentait pour lui un peu de cet intérêt religieux qu'elle lui avait inspiré, et s'il avait de même une part dans ses prières.... Souvent son imagination se représentait cet ange d'innocence, à genoux devant le Créateur, ajoutant le

nom d'Ambroise aux noms de
ceux sur lesquels elle appelait la
miséricorde Divine ; et le jeune
Religieux ne doutait pas que de
telles prières ne fussent accueillies
du Tout-Puissant..... Ambroise
cachait avec soin les diverses sensations qui se partageaient son âme ;
pour tout au monde il n'aurait pas
voulu que la sœur Félicie pénétrât
un secret auquel il était quelquefois surpris d'attacher tant d'importance.

Toussaint, à qui sa fortune per-
mettait d'avoir plusieurs méde-
cins, mourut très-promptement:
il ne changea rien au testament qui
avait été fait par maître Girard.
La religion qui console de tous les
maux de la vie, parce qu'au delà
de la mort, elle a placé encore une

espérance, répandit le calme et la paix sur ses derniers momens. Le curé de St.-Jacques, qui avait reçu sa confession, ne le quitta pas durant son agonie, et passa la nuit qui suivit le trépas de Toussaint, en prières auprès de son cercueil.

Dès le jour même du convoi, toute la famille du défunt avait ses habits de deuil. La Marquise suivit les sages conseils de M. Millin, et ne fit faire à son parent qu'un enterrement simple et modeste. Le surplus de la somme qu'elle destinait à des obsèques magnifiques, fut distribué aux indigens de la paroisse : les bénédictions du pauvre valaient bien les remercîmens de la fabrique.

La situation d'Agathe était affreuse, et son caractère la rendait

encore plus pénible ;.... elle ne put
fermer l'œil de la nuit : le jour la
surprit plongée dans les plus tristes
réflexions. Cependant, sa résolution était invariable, mais elle n'a-
vait plus à ses côtés l'homme dont
l'éloquence ranimait son courage,
et soutenait sa dévotion chance-
lante. Toute la journée, elle em-
brassa, à plusieurs reprises, sa belle-
mère et sa sœur, qui ne savaient à
quel sentiment attribuer l'ardeur
et la multiplicité de ces caresses.
Depuis le bal de M. Hérart, où la
pauvre Agathe n'avait assisté que
par complaisance, elle était devenue sombre, exigeante, suscep-
tible. Dans la crainte qu'on ne de-
vinât sa pensée, qu'on ne soupçonnât ses desseins, elle fuyait la
société de sa famille, et passait des

matinées entières seule, retirée dans
sa chambre, d'où elle ne sortait
que par les sollicitations réitérées
de sa jeune sœur, dont l'amitié ne
se rebutait jamais.

A la veille d'abandonner ses parens, Agathe avait senti sa tendresse
pour eux se réveiller avec force,
et durant toute la journée qui pré-
céda son départ, elle resta constamment auprès de sa belle-mère.
Les attentions d'Eugénie, si franche, si aimable, la firent rougir du
petit grain de jalousie qu'elle avait
conçu à son égard, et elle s'efforça
de l'en dédommager, en lui prodi-
guant toutes les marques d'attachement qui étaient en son pouvoir.

La nuit vint : Agathe ne songea
plus qu'à réaliser la promesse faite
à Gaspard. Après avoir embrassé

une dernière fois Eugénie et sa
mère, elle se retira dans sa chambre. Là, mademoiselle Duplessis se
jetta à genoux, demandant à Dieu
de protéger sa fuite de la maison
paternelle; elle pria ensuite pour
sa famille, et au bout de quelques
minutes de recueillement, elle se
disposa à partir. Elle descendit par
un petit escalier dans la cour, et
profita de ce moment où personne
ne la voyait, pour franchir le seuil
de la porte cochère encore ouverte... Elle s'enfuit avec la rapidité de l'éclair jusqu'au détour de
la rue ; mais là, soit faiblesse,
soit fatigue, elle fut obligée de s'arrêter un instant.

Tandis que, la main droite ap-
puyée sur la balustrade en fer qui
entoure la Place-d'Armes, Agathe

reprenait haleine, une femme passe
auprès d'elle, et lui dit : Jeune
fille, Dieu vous soit en aide. Ces
mots, prononcés avec intérêt, et
qui pouvaient s'appliquer également à toutes les affections, paru-
rent à mademoiselle Duplessis un
nouvel avis du Ciel : ... ils ranimè-
rent ses forces, et, en peu d'instans,
elle arriva devant la maison de madame Gerbier. La porte de l'allée
était entr'ouverte, Agathe s'y glissa;
Gaspard l'y attendait: il la prit par
la main, et la conduisit dans la
chambre qu'on lui avait préparée.
A peine Agathe y était-elle entrée,
que mesdames d'Apreval, Gerbier,
une nièce de celle-ci, et Félicie,
(qui avait escorté Agathe depuis
son départ de la maison paternelle,) se présentèrent à ses re-

gards ; toutes les quatre étaient vê-
tues de blanc : elles s'inclinèrent
devant la jeune personne, et en-
tonnèrent, à demi-voix, les premiers versets du *Gloria tibi, Do-
mine* ! Ce concert religieux mit le
comble aux émotions de mademoiselle Duplessis, elle ne put les supporter plus long-temps ; ses yeux
se fermèrent, et elle tomba sans
connaissance dans les bras de Félicie.

CHAPITRE XXII.

Désolation de la famille Duplessis.

———

LES secours les plus prompts furent prodigués à mademoiselle Agathe, dont l'évanouissement se prolongea fort avant dans la nuit : lorsqu'elle reprit ses sens, la pendule venait de sonner trois heures du matin. Félicie était assise auprès du lit de mademoiselle Duplessis. La jeune fille regarda d'abord tout ce qui lui était arrivé comme un mauvais songe ; mais, lorsqu'il ne lui fut plus possible de douter de sa position, elle fondit en larmes.

Au lieu de faire tous ses efforts
pour bannir de l'esprit d'Agathe
les souvenirs qui venaient en foule
l'assiéger, Félicie parut compatir
à ses peines ; elle la plaignit, et en
feignant de partager ses chagrins,
elle parvint à les adoucir. Sa conduite lui gagna la confiance de la
pauvre Agathe, qui lui révéla les
tourmens auxquels elle était en
proie : tels furent jadis les miens,
dit Félicie, lorsque Dieu me fit la
grâce de m'appeler à le servir ! —
Quoi ! répondit Agathe, vous avez
donc aussi quitté votre famille ! —
Dans un de ces momens où la religion nous élève au-dessus de nous-
mêmes, et nous fait regarder en
pitié ces liens fragiles que la mort
doit rompre, et que la plus légère
circonstance affaiblit ou dénature ;

je résolus de faire mon salut : je m'adressai au digne religieux qui dirige la mission. Il s'opposa d'abord à mes désirs ; mais ayant vu, par ma résistance, que ma vocation était écrite dans le Ciel, il se soumit à la volonté de Dieu, et me permit de l'accompagner jusqu'au moment où je pourrais, en me joignant à quelques saintes filles, réédifier une de ces retraites pieuses, où, dégagée des pensées terrestres, on ne songe qu'au Ciel qui nous attend. — Mais vos parens ne s'opposèrent-ils pas à votre départ ? — Lorsqu'ils l'apprirent, il n'était plus temps : comme vous, je m'étais retirée auprès de personnes charitables qui eurent la bonté de me dérober aux perquisitions de ma famille, et dont la généreuse piété me soutint dans le parti que j'avais pris de quitter le monde, pour me consacrer à Dieu. —Cependant il fallut bien informer vos parens de votre résolution. —Je le fis quelques jours après, par une lettre pleine de respect et de fermeté, dans laquelle je leur annonçais que, fille soumise et obéissante, je m'empressais de les prévenir du parti que j'avais pris, et auquel toutes les puissances humaines ne me feraient pas renoncer. —Et malgré cela, ils accoururent sans doute pour vous détourner de ce projet? —Toute ma famille, ma mère, mes frères, mes sœurs, cherchèrent à me voir, et n'y purent parvenir; ils m'écrivirent, je renvoyai leurs lettres sans les ouvrir. —Quoi! dit Agathe, vous re-

fusâtes de les voir !... Vous ne les
aimiez donc pas ?—-Je les adorais !
—Et vous avez eû le courage de
vous soustraire à leur amitié?—
C'est parce que je connaissais leur
empire et ma faiblesse, que je n'ai
pas voulu engager un combat dont
l'issue était incertaine, et que je me
suis dérobée à une épreuve aussi
dangereuse..... Pouvais-je , d'ailleurs, balancer entre la tendresse
de mes parens et la voix de Dieu !
risquer mon salut pour quelques
caresses !... —Ah ! dit Agathe en
soupirant , ces caresses-là sont si
douces !... —Le Ciel, continua Félicie , me donna la force de re-
pousser ma mère et toute ma famille : je prononçai mes vœux , et
lorsque des sermens irrévocables
eurent enfin lié ma destinée à celle

des Vierges du Seigneur, je con-
sentis à recevoir mes parens. Le
chagrin de ma mère, si vif dans les
premiers jours de ma disparition,
était considérablement diminué ;
mes sœurs me félicitèrent d'avoir
eu le courage de me faire religieuse ; elles auraient bien voulu
m'imiter, mais je les engageai à
me remplacer auprès de notre mère,
et je n'eus pas de peine à les y
déterminer. On me compta ma dot :
je la mis en dépôt jusqu'au moment où notre couvent put être
édifié, et j'obtins du R. P. Gaspard
la faveur de le suivre, afin de concourir avec lui au rétablissement
de notre sainte religion.

Les manières de Félicie étaient
tellement affectueuses, le son de sa
voix était si doux, si caressant,

qu'il suspendit les douleurs d'A-
gathe; la jeune fille s'abandonna
sans réserve au charme qu'elle
éprouvait, en écoutant la compagne de Gaspard. Ah! soyez mon
amie, dit-elle à Félicie; tenez-moi
lieu de tout ce que j'ai perdu :
j'ai besoin qu'on m'aime!... Votre
exemple me soutiendra dans la
sainte carrière que je vais parcou-
rir; je me livre entièrement à vous,
dont le zèle a déjà reçu sa récompense! Félicie répondit à la demande naïve de mademoiselle Duplessis, par l'assurance de l'amitié
la plus franche, et par la promesse
d'un attachement sans bornes.

Gaspard vint, dans la matinée,
rendre une visite à la jeune péni-
tente. Mesdames Gerbier et d'A-
preval, passèrent une partie de la

journée à ses côtés. On avait pour
Agathe les soins les plus minu-
tieux ; on l'accablait d'égards, de
respect, on ne la nommait que la
sainte fille ; et chacune des personnes qui l'approchaient, se recom-
mandait humblement à ses prières :
on s'arrangea si bien, pour occuper
son imagination, qu'elle ne trouva
pas une seule fois l'occasion de
s'informer de sa famille. Le soir,
en se couchant, elle se dédommagea de cette privation. Félicie, qui
partageait la chambre d'Agathe,
n'eut garde de manquer de se joindre à elle ; et toutes les deux,
agenouillées devant un Christ d'i-
voire, placé à la tête de leur lit,
prièrent pour leurs parens. Cette
adroite hypocrisie de Félicie aug-

menta beaucoup la vénération d'A-
gathe pour elle.

Tandis qu'une profonde sécurité
régnait chez madame Gerbier , la
maison Duplessis était dans la plus
grande désolation : on ne s'était
point aperçu de l'absence d'Agathe
le même soir de sa fuite , parce
que la jeune personne avait l'habitude de se retirer de bonne heure
chez elle. Le lendemain matin , à
dix heures, ne la voyant pas paraître au déjeûner , la domestique
monta à sa chambre pour l'avertir,
et ne l'y trouva pas. Eugénie pensa
que sa sœur, qui, depuis quelques
jours, affectait un redoublement de
piété , était sortie dans l'intention
d'aller entendre une messe à la paroisse. Jusqu'à midi , on l'atten-

dit sans concevoir le moindre
soupçon sur une absence, que chacun expliquait à sa manière ; mais
lorsque deux heures sonnèrent, et
qu'Agathe ne parut pas, on commença à avoir de l'inquiétude. Sans
en rien dire à sa mère, Eugénie
courut à l'église ; il n'y restait qu'une
jeune femme, qui lisait un roman
nouveau, et une vieille dévote, qui
dormait sur son livre de prières ;
elle se présenta successivement
dans toutes les maisons où elle crut
pouvoir trouver sa sœur, et ne la
rencontra nulle part. Eugénie,
douée d'une imagination vive, et
d'une présence d'esprit assez rare,
se garda bien de confier à personne
le motif de ses visites ; elle retourna
auprès de sa mère, persuadée qu'elle
allait revoir sa sœur : mais le vieil

André qui, la larme à l'œil, faisait sentinelle à quelques pas de la porte, lui annonça que sa jeune maîtresse n'était pas revenue. N'écoutant alors que son cœur, Eugénie s'élança dans la chambre de sa mère, qu'une légère maladie retenait au lit, et fondant en larmes :... elle est perdue ! s'écria-t-elle. — Perdue !... Qui ? dit sa mère à laquelle on avait jusqu'alors fait un mystère de l'absence de sa belle-fille.—Ma sœur, répondit Eugénie. — Eh ! bien, Agathe ?...—Est disparue, et depuis deux heures je parcours la ville, sans avoir pu découvrir sa trace.

Quoique cette nouvelle fût de nature à alarmer madame Duplessis, elle s'efforça de n'en rien laisser paraître, et chercha, par tous les

moyens possibles, à calmer le désespoir d'Eugénie. Pour y parvenir
plus sûrement, en même temps
qu'elle donnait en secret des ordres
au vieil André pour faire avec cir-
conspection toutes les perquisitions nécessaires, elle feignait, en
présence d'Eugénie, de ne pas
croire à la fuite de sa sœur; mais,
lorsque la nuit vint sans apporter
le moindre indice sur Agathe, elle
ne put s'empêcher de partager le
chagrin et l'inquiétude de toute la
maison.

Eugénie et sa mère se perdaient
en conjectures, sur le motif qui
avait occasionné le départ de mademoiselle Duplessis. On ques-
tionna tous les domestiques, mais
on n'en put rien tirer : aucun d'eux
n'avait vu partir mademoiselle Aga-

the. En femme prudente, madame Duplessis leur recommanda de garder le plus profond secret sur ce malheureux événement. Ils étaient fort attachés à leurs maîtres et à leurs gages, ils promirent de se taire, et tinrent parole : ils n'auraient rien gagné à parler. Lucas, qui n'était pas présent lors de la réunion, rentra : mademoiselle Eugénie l'interrogea aussi ; il n'en savait pas plus que ses camarades : seulement il se souvint que, la veille du jour où mademoiselle Agathe était partie, elle avait eu un entretien avec le R. P. Gaspard. C'est bien dommage, dit Lucas, que ce brave homme n'ait pas pu deviner l'intention de ma jeune maîtresse, il n'aurait pas manqué de s'y opposer, et de remettre ma-

demoiselle dans la bonne voie!
Ces mots furent un trait de lumière
pour Eugénie : elle se rappela la
scène du bal, les conseils religieux
de la sorcière, et ne douta plus
que sa sœur ne fût victime d'un
complot formé pour l'arracher à
ses parens, et la forcer de renoncer
au mariage de M. Hérart. L'entrevue secrète de sa sœur avec le
vieux Missionnaire, fortifiait ses
soupçons : elle n'osa cependant pas
les communiquer à sa mère, dans la
crainte que celle-ci ne s'imaginât
que sa belle-fille était irrévocablement perdue pour sa famille.

Toute la nuit, Eugénie réfléchit
à la manière dont elle s'y prendrait
pour découvrir le lieu où l'on avait
caché sa sœur : elle pensa, avec

II. 9

raison, qu'Agathe ne s'était pas ré-
fugiée dans la maison des Missionnaires ; mais il lui vint dans l'idée
qu'elle avait pu chercher un asile
auprès de la Magicienne, pour les
avis de laquelle elle avait témoigné
tant d'estime. Il ne s'agissait plus
que de savoir quelle était cette
magicienne qui prêchait au bal, et
faisait des conversions entre deux
contredanses. Deux femmes se dis-
tinguaient dans la ville, par la violence de leurs opinions religieuses : la marquise de Véniac et madame d'Apreval. Jusqu'alors, le
peu de conversions féminines qui
avaient eu lieu depuis l'arrivée de
Gaspard, était dû au zèle persécu-
teur de ces deux dames. La taille de
la sorcière s'accordait assez volon-

tiers avec celle de la marquise : ce
fut chez elle qu'Eugénie se présenta
d'abord.

Madame de Véniac était enfer-
mée avec son avoué : ils réglaient
ensemble les comptes de la succession de Toussaint et le mémoire des
frais d'inhumation, que la Marquise
trouvait un peu chers. On annonça
mademoiselle Duplessis : madame
de Véniac s'empressa de passer
dans son salon pour y recevoir la
jeune personne. Eugénie, dont l'indignation était extrême, et qui tout
le long de la route s'était bien pro-
mise à elle-même de montrer un
caractère décidé, fut tout inter-
dite en voyant la Marquise s'avan-
cer à sa rencontre, et lui demander, avec autant d'aisance que d'intérêt, quel motif lui procurait

*

l'honneur de sa visite? Cette question si naturelle, renouvella sa douleur, et la troubla à un tel point, que la Marquise la pria de s'asseoir auprès d'elle, et fut quelque temps sans oser lui adresser la parole ; enfin, voyant que les yeux d'Eugénie se remplissaient de larmes:—De grâce, Mademoiselle, lui dit-elle, dissipez mes craintes. Serait-il donc arrivé quelque malheur à votre famille? — Ah ! Madame, pouvez-vous l'ignorer? — Moi ! je vous assure que je ne sais pas... —N'est-ce pas vous qui avez converti ma sœur? — Le ciel m'en préserve ! je ne convertis plus personne, mon enfant.—Quoi! ce n'est pas vous qui lui avez parlé de religion au bal? ce n'est pas vous qui l'avez engagée à quitter notre maison ? ce n'est pas chez vous qu'elle s'est retirée? — Mademoiselle, reprit avec un peu d'humeur la Marquise, tout autre que moi trouverait de pareilles questions déplacées ; mais j'excuse tout, dans l'état où je vous vois : j'ignore absolument ce que vous voulez me dire.... — Quoi! Madame, vous seriez innocente du départ de ma sœur? — Mademoiselle votre sœur est partie? — D'hier au soir! — Ma chère enfant, j'ignorais cet événement. — Jusqu'à présent ma famille à cherché à le cacher au public... — Et l'on ne sait pas ce qu'elle est devenue? où elle est allée? pourquoi elle est partie? dit avec volubilité la Marquise. — Personne de nous n'était dans le secret de sa fuite, et n'a pu jusqu'à présent en deviner la cause : on sait seulement que ma sœur a eu un long entretien avec le plus vieux des Missionnaires ; et que, le lendemain, elle a disparu..... — Ah! le monstre! le scélérat! s'écria la Marquise en se levant :... maintenant je vois tout... C'est cela!... c'est un guet-apens... une horreur!..... — Au nom du Ciel! plus bas, Madame, dit Eugénie qui ne concevait rien aux épithètes outrageantes dont la Marquise accablait le même homme de qui, quelques jours auparavant, elle préconisait la sagesse et les vertus! plus bas, je vous en prie : nous voudrions dérober la connaissance de ce malheur à tout le monde. Vous sentez combien il est important pour notre famille que l'on ignore l'imprudence de ma

sœur , surtout à la veille d'un mariage... — Oui , oui , mon enfant,
disait la Marquise qui allait et venait dans le salon , oui , je me tai-
rai; mais je veux que toute la ville
soit instruite de la conduite de ce
misérable !... N'ayant pu réussir à
m'enlever ma fortune ,... il a voulu
accaparer celle de votre sœur :...
l'hypocrite !... mais nous le démas-
querons, nous en aurons vengeance... Ces coquins-là ne sont bons
qu'à jeter le trouble et la désolation
dans les familles ;... moi-même ,
n'ai-je pas manqué d'être victime
de leur avarice, de leur cupidité :...
je suis bien heureuse d'avoir
échappé à leurs pièges, n'est-ce pas,
mon enfant ?... Mais j'oublie que
vous n'avez pas eu ce bonheur-
là !... Voyons, dites-moi tout avec

franchise ;... vous ne soupçonnez
point à votre sœur d'autres motifs
pour abandonner sa famille? —
Non, Madame. — Point de chagrins
personnels ? — Aucuns. Ma sœur,
à l'exception d'une faiblesse de
caractère qui la rend propre à
être la dupe du premier intrigant
venu, possède un cœur excellent,
et n'a jamais donné la moindre affliction à nos parens. J'ai bien remarqué quelques changemens en
elle depuis le séjour des Missionnaires dans ce pays; elle était un
peu plus sérieuse, plus triste, et
s'occupait davantage de ses devoirs
de piété ; mais tout cela ne devait
pas nous faire craindre son départ. Il y a quelques jours, au bal
de M. Hérart, je la surpris en conversation avec une femme déguisée

en bohémienne.... — Je me la rappèle fort bien, dit la Marquise; une grande femme, à-peu-près de ma taille, en robe bleue, étoiles d'argent! — Précisément. Vous la connaissez? — Non. — Vous étiez au bal?—J'y suis entrée un instant par complaisance pour ma fille, qui n'avait pas dansé de toute l'année, nous étions en dominos noirs; c'est le déguisement le plus simple, et celui sous lequel il est le plus difficile d'être reconnu. — La magicienne avait emmené ma sœur dans un endroit écarté; elle l'entretenait des moyens de faire son salut, et de gagner le Ciel! — Au bal masqué! — Je soupçonne même qu'elle lui a inspiré de l'éloignement pour le jeune Herart. — Quelle scélératesse! s'écria la Marquise, qui oubliait, dans ce moment, qu'elle même s'était déchaînée contre ce mariage !—Depuis ce moment, j'ai cru m'apercevoir qu'Agathe était tourmentée par un génie malfaisant... — Par Gaspard, mon enfant, par Gaspard.... c'est lui qui a perdu votre sœur, c'est lui qui a déterminé sa fuite,... afin de faire manquer son mariage, et de profiter de sa faiblesse pour lui extorquer une donation... C'est un homme qui convoite le bien de tout le monde... Puis, se rapprochant d'Eugénie, elle lui prit la main, et lui dit : —Avez-vous confiance en moi? — Oui , Madame, répondit Eugénie ; mais il y avait dans cette réponse plus de politesse que de franchise. — Je vous rendrai votre sœur. —Vous, Madame ! — Est-ce que vous ne me croyez pas capable d'une bonne action ? — Pardonnez-moi. — Quand ce ne serait que pour me venger de ce misérable, je vous la rendrai. — Dieu le veuille! dit Eugénie: une telle action vous assurerait ma reconnaissance, et les bénédictions de ma famille. Mais comment pourrez-vous découvrir?... permettez que nous unissions nos démarches.... — Non, mon enfant, retournez auprès de votre mère, moi, je vais de ce pas... — Par pitié, Madame, songez qu'une indiscrétion peut nous perdre. — Rassurez-vous, je serai prudente; mon intérêt vous répond de ma discrétion : un seul mot ne suffirait-il pas pour me priver du plaisir d'humilier publiquement le scélérat qui a cherché à me ravir une partie de ma fortune?

Eugénie prit congé de la Marquise; elle ne concevait rien au changement qui s'était opéré dans les idées de madame de Véniac, et s'étonnait de l'entendre injurier des hommes, dont elle avait naguère vanté avec tant d'emphase le mérite et la piété : cependant il était impossible de révoquer en doute l'aversion de madame de Véniac pour le père Gaspard; et Eugénie, qui ne fondait pas de grandes espérances sur les promesses obligeantes de la Marquise, comptait cependant encore plus sur sa haine pour le Missionnaire, et son désir de s'en venger, que sur l'intérêt qu'elle avait semblé prendre au malheur d'une famille qui lui était étrangère.

Cette première visite n'avait rien appris à Eugénie sur le sort de sa sœur, mais elle l'avait confirmée dans ses soupçons contre le Religieux. Mademoiselle Duplessis, qui ne voulait pas rentrer chez elle sans avoir des nouvelles positives d'Agathe, s'imagina que le plus court et le plus prudent était de s'adresser directement aux RR. PP., et elle dirigea ses pas vers l'hôtel qu'ils occupaient. Pendant ce temps là, madame de Véniac s'était habillée, et courait à la paroisse Saint-Jacques instruire M. Millin de ce nouveau méfait des Missionnaires.

~~~~~~~~~~~~~~~~~~~~~~~~~~~~

CHAPITRE XXIV.

Démarches faites par la Marquise et le Curé Millin. — Eugénie se rend chez les Missionnaires. Son entrevue avec Ambroise.

—

En bien! dit la Marquise au Curé, sitôt qu'elle l'aperçut, j'espère que, cette fois-ci, vous serez moins indulgent, et que vous me permettrez enfin de publier l'horrible conduite de ces misérables..... Ils ont séduit mademoiselle Agathe Duplessis. — O ciel! expliquez-vous? dit M. Millin...... De quels misérables me parlez-vous?—Cela

se devine...., des Missionnaires...;
eux seuls sont capables d'un trait
aussi affreux !.....— Les Missionnaires auraient osé?....— Ils ont
emmené mademoiselle Agathe,
afin de l'empêcher d'épouser le fils
du ministre protestant: on va même
jusqu'à croire qu'ils l'ont forcée de
prendre l'habit, et de leur abandonner sa fortune......— De qui
tenez-vous de pareils détails?—
De sa sœur, qui sort à l'instant de
chez moi....—De sa sœur!..— La
pauvre petite, elle me croyait toujours la dupe de ces gens-là !... Il
est vrai que, sans ce qui m'est arrivé
à moi personnellement, je serais
peut-être encore aveuglée sur leur
compte; mais le ciel m'a désillé les
yeux ! —- Comment se fait-il que
cet événement soit ignoré de tout

le monde ? — On le tient secret.
Eugénie présumait que je pourrais
connaître la retraite de sa sœur ;
voilà pourquoi je me trouve dans
sa confidence...... Il est bien important que cela ne transpire pas...
La jeunesse a tant de précautions à
prendre ! La méchanceté s'attache
à ses moindres actions , et la calomnie empoisonne ses démarches
les plus innocentes. — Dans quelle
désolation la pauvre famille Duplessis doit être plongée , dit le
Curé ; je frémis en songeant aux
suites que ce malheur peut avoir !
— Oh! les suites les plus fâcheuses
pour les Missionnaires! d'abord il
faut que vous ou moi nous décou-
vrions la retraite de mademoiselle
Duplessis.—Comptez sur mon zèle ;
mais nous ne pouvons nous adresser

qu'aux personnes qui partagent les erreurs de ces hommes.... — Eh ! ne les connais-je pas, interrompit la Marquise ; n'ai-je pas eu la faiblesse de les protéger..., de les introduire dans une foule de maisons recommandables, dont je les ferai chasser, je l'espère...... — Ainsi, dit le bon Curé, vous pensez que la jeune personne aurait pu être recueillie par madame d'Apreval. — Non, la bonne dame se garderait bien d'une pareille imprudence... Elle commence à vieillir ; Agathe est jeune, et d'une figure agréable : le cousin n'aurait qu'à jeter les yeux sur elle... Non, non, ce n'est pas chez madame d'Apreval qu'il faut chercher mademoiselle Duplessis. — Chez la vicomtesse Garnerie ? — Elle est

II.   9 *

capable de tout pour la religion, excepté de se compromettre. — Madame Saint-Julien?—Oh! non, c'est une excellente mère de famille; elle n'aurait pas reçu mademoiselle Agathe: je ne vois guère, ajouta la Marquise, que trois personnes capables d'avoir consenti à prêter les mains à cet enlèvement : madame Fillon l'aînée, celle qui a fait mourir son mari de chagrin; mademoiselle Paradis, à qui la nature a refusé tous les avantages physiques, et qui ne conçoit pas qu'une jeune fille consente à pren- un époux ; ou madame Gerbier, qui a encore plus de simplicité que de dévotion. Ainsi, c'est chez cette dernière personne que vous ferez bien de vous rendre d'abord. Quant à moi, je cours de ce pas chez les

autres, où j'espère découvrir des
traces de notre jeune fugitive !....
Je ne prendrai pas de repos que je
ne sois vengée.., c'est-à-dire, que
je n'aie rendu mademoiselle Agathe à sa famille ! Le bon Curé aurait voulu que le zèle de la marquise, dans cette circonstance, eût
une source plus honorable que
celle qu'elle laissait paraître ; mais
il remit après l'événement à lui en
parler : il se borna à lui recommander beaucoup de prudence, et il
engagea la Marquise à revenir dans
la soirée lui faire part du résultat de
ses démarches. Madame de Véniac
était à peine sortie, qu'après une
courte prière, M. Millin se mit en
route.Madame Gerbier, à laquelle
il s'adressa, fut impénétrable. Le
Curé, qui, malgré son attention à

observer tout ce qui se passait dans la maison , n'aperçut rien d'extraordinaire , s'imagina que les soupçons de la Marquise étaient mal fondés. Il quitta madame Gerbier, persuadé de son innocence. Les honnêtes gens sont faciles à tromper.

Eugénie était arrivée devant la porte de l'hôtel des Missionnaires; elle éprouvait une répugnance extrême à y entrer, cependant le danger de sa sœur triompha de cette sensation pénible. Félicie arrivait de chez madame Gerbier ; ce fut elle qui reçut la jeune Duplessis...... Ah! Madame, dit en pleurant Eugénie , rendez-moi ma sœur....; que je la voie!... Que je lui parle !... que je l'embrasse encore une fois !.... Félicie, qui

était accourue an-devant d'elle, la
prit entre ses bras !.... Elle feignit
d'ignorer entièrement ce qu'Eugénie voulait dire, et se fit raconter
ce qu'elle savait mieux que personne...... Pendant ce récit, elle
donnait à Eugénie des marques du
plus touchant intérêt ; elle soupi-
rait, levait les yeux au ciel, et
semblait prendre une part très-
grande au malheur qui désolait la
famille Duplessis. Aimable enfant,
dit-elle à Eugénie, en la baisant
au front, que ne puis-je rendre
votre sœur à ses parens ; mais je
n'en saurais douter, vos recherches
seront inutiles..... Mademoiselle
Agathe n'est plus à Rochefort. —
Quoi ! Madame, vous penseriez
que ma pauvre sœur ?.... — Si ce
que vous m'avez dit est exact, ma-

demoiselle Agathe a une vocation décidée pour le cloître, et peut-être en ce moment s'est-elle jetée dans quelque maison religieuse!—Ah! mon Dieu, s'écria Eugénie, et les sanglots l'empêchèrent d'achever.

Ambroise était en prières dans la chambre à côté : le son de cette voix parvint à son oreille, et suspendit toutes les facultés de son âme. Il tressaille de plaisir et d'effroi; il court à la porte, l'entr'ouvre, et reste immobile à la vue d'Eugénie en larmes!... Ah! monsieur, dit la jeune fille, en se jettant à ses genoux; ah! monsieur, car il ne lui vint pas dans l'idée qu'on pût appeler Ambroise différemment... venez à mon secours... Des méchans veulent convertir ma

sœur ;.... elle est perdue depuis
deux jours !... Eugenie en pleurs !
Eugénie à ses pieds, implorant son
secours ! c'en était trop pour le
cœur d'Ambroise ; il s'empresse de
relever mademoiselle Duplessis,
et sans connaître les ennemis qu'il
doit combattre, les obstacles qu'il
doit vaincre, le jeune Missionnaire
promet à Eugénie de tout entreprendre pour sauver sa sœur.

Félicie souriait des promesses
ardentes d'Ambroise, et de la chaleur avec laquelle il les prodiguait;
elle redoutait peu les perquisitions du jeune Religieux, auquel
on avait prudemment caché tout ce
qui concernait mademoiselle Agathe ; mais cependant elle ne vit pas
sans une espèce d'inquiétude l'intérêt qu'il prenait à la famille du

négociant. Elle tremblait que cette
âme neuve, que l'éducation avait
poussée vers le fanatisme religieux,
ne prît d'elle-même une autre di-
rection, et ne puisât dans les attraits d'Eugénie un sentiment qui,
par cela même qu'il était plus con-
forme au vœu de la nature, n'en
deviendrait que plus difficile à
détruire. Elle se hâta de mettre fin
à un entretien, dont les dangers
de mademoiselle Agathe n'étaient
plus l'unique aliment.

Si le désespoir d'Eugénie avait
électrisé le Missionnaire, son dévouement n'avait pas manqué de
produire une vive impression sur la
jeune fille. Cet amour, que chacun d'eux nourrissait en silence,
semblait enfin s'échapper à la fois
de leur sein. Ce penchant si doux,

auquel ils s'étaient abandonnés
avec confiance, parce qu'aucun
d'eux n'y avait attaché la plus légère espérance ; ce sentiment, auquel l'âge et le caractère des deux
amans prêtaient une nouvelle force,
qui dans la retraite s'était accrû, à
l'ombre de la religion, dans le
cœur d'Ambroise, et qu'au sein
du monde la dissipation n'avait pu
éteindre dans le cœur d'Eugénie ;
cette passion, dont personne n'a-
vait combattu le danger, parce
que sa puissance était ignorée de
ceux mêmes qui l'éprouvaient ;
cette passion éclata avec violence
dans les regards du jeune Religieux : ses paroles, son silence,
tout était amour ; et cet amour,
qui empruntait son charme de tout

II.   10

ce qui lui était étranger, n'en était
que plus dangereux.

Les promesses d'Ambroise ne
ressemblaient en rien à celles de
la Marquise et de Félicie ; elles
avaient un caractère de franchise
et de désintéressement qui garan-
tissait leur sincérité. Mademoiselle
Duplessis instruisit sa mère d'une
partie de ses démarches, et chercha à lui faire partager l'espoir
d'un succès prochain. Madame Duplessis était malade ; cet événement
avait encore altéré sa santé, elle
n'osait se refuser à croire au retour
de sa belle fille ; mais ce bonheur
ne lui paraissait pas aussi certain
qu'Eugénie se plaisait à le penser.

Les domestiques partageaient
l'affliction de leurs maîtres, et le

secret n'avait point encore trans-
piré. Eugénie attendit la fin du
jour, ainsi que le résultat des démarches d'Ambroise et de la Marquise, avec la plus vive impatience:
le moindre bruit faisait palpiter
son cœur. Toute la journée se
passa dans des transes continuel-
les, et la nuit revint sans apporter
aucune consolation.

Ambroise avait parcouru toute
la ville. Le désir de plaire à Eugénie avait enflammé son zèle, et
doublé son courage; mais comme
rien ne le guidait dans ses recherches, elles ne pouvaient qu'être
infructueuses. Cependant, il ne se
lassa point; l'image de mademoiselle Duplessis le suivait partout:
ses attraits se reproduisaient sans
cesse à sa pensée; ses lar.nes

pesaient sur son cœur, et, pour la
première fois, le jeune religieux
s'avisa de comparer la forme gros-
sière de ses habits à l'élégance du
costume des gens du monde. Cette
différence, qu'en toute autre circonstance il n'aurait pas remar-
quée, lui causa une espèce d'humiliation, qu'il s'étonna de n'avoir
pas ressentie plutôt.

Les courses nombreuses du jeune
Missionnaire l'avaient détourné de
ses devoirs religieux, et l'avaient
empêché de se livrer à ses exercices
ordinaires de piété. Tout entier à
ses promesses, il avait oublié Dieu,
parce qu'Eugénie n'était pas sortie
de sa pensée : confus et désolé de
n'avoir pu découvrir en chemin
quelques traces de la retraite qu'habitait mademoiselle Agathe, il s'en

retournait tristement à son hôtel,
lorsqu'en passant devant l'église de
Notre-Dame, il lui vint dans l'idée
d'y entrer pour implorer l'assistance de Dieu.

L'église était sombre, une seule
lampe éclairait ce vaste édifice,
et sa flamme vascillante ne jetait
qu'une clarté douteuse, qui per-
mettait à peine de distinguer les
objets. Ambroise se mit à genoux
à côté d'une femme, enveloppée
d'une mante dont il était difficile
de deviner la couleur; elle paraissait plongée dans une profonde
méditation. Le jeune Missionnaire
priait avec une ferveur nouvelle:
un grand changement s'était opéré
en lui: des sensations profanes se
mêlaient à ses idées religieuses, et
il ne pensait plus qu'il fût absolu-

ment nécessaire de renoncer au monde pour être agréable à Dieu. Il blâmait la fuite de mademoiselle Agathe, qui jetait toute sa famille dans le désespoir, et, par un juste retour sur lui-même, il craignit que la résolution qu'il avait prise d'embrasser l'état ecclésiastique, résolution à laquelle sa mère s'était si vivement opposée, ne devînt pour elle une source de chagrins, qui abrégeraient sa carrière. De telles dispositions donnaient à sa piété un caractère de douceur et d'indulgence, qui l'éloignait du fanatisme et de l'intolérance, dont jusqu'alors il s'était déclaré l'apôtre.... Il était absorbé dans des réflexions qui le ramenaient toujours à Eugénie, lorsqu'il entendit murmurer son nom, par une voix dont

il ne pouvait méconnaître le charme
et la puissance.

Après avoir vainement attendu,
toute la journée, des nouvelles de
sa sœur, mademoiselle Eugénie résolut de faire une seconde tenta-
tive auprès de la Marquise ; elle
profita d'un moment où sa mère
venait de s'endormir, pour courir
chez madame de Véniac. Eugénie
n'était pas dévote ; mais, dans le
malheur, on pense presque toujours à Dieu. La paroisse Notre-
Dame était sur sa route, elle voulut y faire une station ; elle venait
de se mettre à genoux, et recom-
mandait sa famille à la protection
de la Providence, lorsque le Missionnaire entra.

Ému jusqu'au fond de l'âme, par
le son de cette voix qui lui causait

un si doux étonnement, Ambroise s'approcha d'Eugénie, il l'entendit prier aussi pour lui; et dans ce moment, son cœur se remplit d'une sensation inconnue. Les accens de la jeune fille retentirent délicieusement à son oreille, et lui firent soupçonner une existence nouvelle. Dieu, sa profession, l'univers, disparurent à ses yeux : ce n'est plus dans l'exercice continuel d'une piété rigoureuse; ce n'est plus dans la privation, dans les démonstrations extérieures d'un zèle fanatique, qu'Ambroise conçoit maintenant le bonheur ; cet isolement auquel il avait voulu condamner sa vie, lui apparaît dans toute son horreur :... cet isolement, c'est le supplice des réprouvés. Dieu, se dit-il à lui même, n'a pas voulu

que l'homme vécût seul ; il a voulu
que la félicité humaine ne fût complète qu'en la partageant. Il nous
donna la science qui éclaire, la force
qui protège pour que nous fus-
sions utiles à nos semblables :
nous ne devons pas nous exiler de
ceux qui ont des droits à nos services, et si Dieu a mis au rang des
vertus la piété filiale, c'est qu'en
nous ordonnant d'être bon fils, il
a voulu nous préparer à être un
jour excellent père...

La présence d'Eugénie prêtait à
ce mot un charme indéfinissable...
Les regards brûlans d'Ambroise
s'attachèrent sur la jeune fille, qui
se relevait au même instant, et fut
au comble de la surprise de trouver à ses côtés l'homme qui occupait toutes ses pensées.

Des deux côtés l'embarras était
extrême; cependant, après un moment d'hésitation, Ambroise se décida à rompre le silence pour annoncer à mademoiselle Duplessis
le peu de succès de ses démarches.
La tristesse du Religieux l'en avait
instruit d'avance; ils confondirent
ensemble leurs regrets, qu'ils cherchèrent à adoucir, en y mêlant
quelque espérance. Devenue plus
hardie, Eugénie confia à Ambroise
les soupçons que les visites multi-
pliées et les entretiens secrets de
Gaspard et d'Agathe avaient fait
naître à la Marquise.

Si une autre personne qu'Eugénie se fut avisée d'une pareille
confidence, elle eut encouru sur-
le-champ l'indignation du jeune
Missionnaire, qui professait le plus

profond respect pour les vertus de
Gaspard ; mais il y a des paroles
qui semblent porter avec elles une
espèce de conviction. La femme
qu'on aime , peut-elle se tromper
jamais ! Non , sans doute : aussi la
simple accusation d'Eugénie ob-
tint-elle sur l'esprit d'Ambroise
plus de crédit que n'en auraient
obtenu les preuves les moins équivoques , offertes par un étranger.

Eugénie , qui s'aperçut de l'effet
que cette conversation produisait
sur le Religieux , se fit un devoir
d'entrer dans tous les détails qui
pouvaient l'aider à partager l'opinion de la Marquise ; elle s'éleva
avec force contre l'ingratitude de
Gaspard , qui , après avoir été
accueilli avec tant de bonté par son
père , récompensait sa généreuse

hospitalité, en portant le trouble et le désespoir dans sa famille. Elle se plaignit des piéges qu'il avait tendus à la crédulité de sa sœur, et rappela à Ambroise l'affectation avec laquelle il s'était élevé le jour du déjeuner contre le mariage des personnes de religions différentes.

C'est ainsi, disait-elle avec véhémence, que le misérable jetait déjà de la défiance dans le cœur d'Agathe, et qu'il a profité de la faiblesse de ma sœur pour la diriger au gré de ses vues intéressées; car, je n'en doute pas, c'est à sa fortune qu'on en veut. Ma sœur, moins riche, n'eut pas tenté Gaspard; le salut des pauvres n'intéresse que Dieu, et on ne cherche à convertir que ceux dont on hérite. Parmi les biens qui compo-

sent la succession de la mère d'A-
gathe , beaucoup ont jadis appartenu à des couvens : on le sait, et
l'on n'aura pas manqué d'en instruire Gaspard. —Vous penseriez !
—Depuis quelque temps ma sœur,
qui ne me parlait jamais de ces
biens , m'a témoigné son regret de
les posséder. Avant la première
visite que vous nous avez faite,
Agathe ne s'était point alarmée de
la croyance de son prétendu ; et
vingt fois, depuis ce moment , elle
m'a parlé du chagrin que lui causait cette circonstance. Je ne puis
donc attribuer la résolution qu'elle
a prise qu'à la séduction que votre
supérieur a exercée sur son esprit,
et à la terreur dont il aura frappé
son imagination ; ainsi les apôtres
d'un Dieu de paix , les ministres

d'une religion d'amour et de charité, ne s'introduisent dans les familles que pour les désunir. — De
grâce, Mademoiselle, ne m'accusez
pas d'une faute que je déplore, et
que je me serais bien gardé de
commettre! — Et voilà comme ceux
qui font vœu de pauvreté s'attachent à dépouiller les âmes cré-
dules! Ils leur vendent le Ciel
pour des biens de la terre; ils
échangent des bénédictions contre
de l'or, et pour de l'or et des biens
ils divisent, ils séparent la fille de
la mère, la sœur de la sœur; ils
répandent le chagrin sur la vieillesse des parens, et, sous prétexte
de convertir les enfans, ils sont
souvent la cause de leur perte. —
La douleur vous égare, Mademoiselle; il est impossible que celle

qui consacre son âme à Dieu puisse
jamais s'en repentir. — Qu'en savez-vous, Monsieur ?..... Est-ce à
l'âge de ma sœur, à vingt-un ans
que l'on dit de bonne foi un éternel adieu au monde ?.... Est-ce à
vingt-un ans que l'on peut se séparer de parens qui ont élevé notre
enfance, qui ont guidé notre jeunesse, de qui nous avons reçu
l'exemple de toutes les vertus? Les
commandemens de Dieu sont-ils
moins sacrés que ceux de l'Eglise?
et croyez-vous que ce soit honorer
son père et sa mère que de les
quitter, de les abandonner ainsi
pour suivre les conseils d'un
homme auquel notre bonheur est
pour le moins indifférent? Un parti
si sévère, pris si jeune, ne saurait
manquer tôt ou tard de nous causer

d'étranges regrets. Une certaine exaltation, qu'on prend d'abord pour une inspiration divine, soutient notre zèle pendant quelques jours ; notre entêtement qui passe dans notre esprit pour du caractère, nous empêche de convenir ensuite que nous avons trop compté sur nos forces.... Le bonheur des autres empoisonne notre existence: on sèche, on languit, on meurt du chagrin d'avoir prononcé des vœux irrévocables..... Eh! pourquoi se faire religieuse ; se sauve-t-on mieux dans le cloître que dans le monde ? Dieu serait-il mieux servi par celle qui cache ses vertus dans l'ombre d'un cloître, qui vit ignorée, et meurt sans laisser de traces de son passage, que par la femme qui remplit dignement ses devoirs de fille, d'épouse et de mère, qui donne à la société, au sein de laquelle elle passe ses jours, l'exemple de la sagesse, de la modestie et de la piété, dont chaque instant de la vie offre une leçon utile, et qui meurt en laissant d'honorables souvenirs, et après avoir du moins formé de jeunes cœurs à la vertu?.... Oh! non, jamais je ne me ferai religieuse, dit Eugénie, et je ferai tout au monde pour empêcher ma sœur de l'être! Cette dernière partie du discours d'Eugénie déplut à Ambroise, qui craignit d'y voir l'aveu d'un sentiment de préférence pour un autre; mais un regard de mademoiselle Duplessis dissipa cette crainte, et le Religieux, entraîné par l'ascendant d'une passion qu'il ne cherchait

II.   10 *

plus à maîtriser, ne put s'empêcher de s'écrier à demi-voix : — Oui, malheur à qui enchaîne son avenir ! Qui peut savoir ce que Dieu lui réserve ! — Etonnée de ces paroles, Eugénie demanda au Missionnaire si le sien n'était pas enchaîné ? — Mon avenir, dit Ambroise en reculant d'un pas : oh ! non. — Quoi ! vous renonceriez à l'état ecclésiastique ?... — Un soupir fut la seule réponse d'Ambroise. — Vous ne voulez donc pas être prêtre, murmura mademoiselle Duplessis ? — Prêtre ! jamais, dit le Religieux, en attachant ses regards sur Eugénie. — Jamais ! répéta la jeune fille, en tournant les siens vers le Missionnaire..... Et tous les deux, comme s'ils s'étaient reprochés d'avoir souillé par l'ex-

pression involontaire d'un amour
profane la sainteté du lieu où ils
se trouvaient, ils s'agenouillèrent
au même instant, et se recomman-
dèrent mutuellement à la miséricorde Divine.

~~~~~~~~~~~~~~~~~~~~~~~~~~~~~~~~~~

CHAPITRE XXV.

La marquise de Véniac découvre la retraite de mademoiselle Duplessis. — Comment Eugénie fut sauvée d'un grand danger.

———

EUGÉNIE était confuse d'avoir laissé deviner une partie de ses sentimens ; Ambroise, au contraire, éprouvait une vive satisfaction d'avoir montré tout son amour. La jeune fille n'osait plus le regarder ; ce fut en baissant les yeux vers la terre qu'elle reprit la conversation sur Agathe, et qu'elle reçut du jeune Religieux l'assurance qu'il redoublerait de zèle pour parvenir à découvrir la pauvre fugitive. L'horloge qui sonna en ce moment les avertit qu'il était temps de se séparer. Eugénie redoutait qu'on les aperçût ensemble; la veille elle n'y aurait pas fait attention : elle pria le Missionnaire de ne pas la suivre, et prit seule le chemin de sa maison. Il était trop tard pour se présenter chez la Marquise ; madame Duplessis reposait encore. Eugénie se glissa dans la chambre de sa mère, et se tint assise au chevet de son lit : elle ne crut pas devoir lui parler de sa sortie.

Les idées d'Ambroise avaient fait un chemin rapide depuis quelques heures ; et ce mot, jamais prononcé dans l'église en présence du ciel, avait changé toute sa destinée.

Il regagna avec précipitation l'hôtel ; Gaspard et Félicie en étaient absens : le jeune Missionnaire en fut ravi ; il était bien aise de pouvoir se livrer , dans la solitude , à l'examen de sa position , qui devenait à chaque instant plus critique ; il voulait aussi connaître jusqu'à quel point les soupçons d'Eugénie sur le Missionnaire étaient fondés.

La Marquise avait été voir madame Fillon et Mademoiselle Paradis ; mais dans aucune de ces deux maisons elle n'avait pu se procurer des renseignemens sur Agathe. Elle alla trouver le curé , persuadée qu'il devait être plus heureux. On se rappelle que , dupe de sa bonne foi , M. Millin sortit de chez madame Gerbier , convaincu que mademoiselle Duplessis n'y était pas.

Il rendit compte du peu de succès de sa visite, et du résultat de ses observations à madame de Véniac, qui, loin de partager son opinion, soutint de nouveau que le bureau de loterie servait de retraite à la fille du négociant : j'ai là-dessus, dit-elle au Curé, des données positives, qui ne me permettent pas de douter de ce que j'avance ; je connais madame Gerbier, j'ai vécu au milieu de toutes ces dévotes, dont la majeure partie.... Un regard du Curé l'empêcha d'achever sa phrase.... Bref, continua-t-elle avec un peu de vivacité, vous croyez à la vertu de tout le monde, mais, moi, je n'ai pas cette faiblesse ; ma charité ne s'étend pas jusques-là ; et, d'ici à demain matin, vous aurez de mes nouvelles ;

je déterrerai mademoiselle Duplessis, fût-elle au pouvoir de tous les
Missionnaires de France !

Après cette brusque déclaration,
la Marquise prit congé du Curé,
et alla se mettre en sentinelle devant la maison de madame Gerbier. Il était près de dix heures,
la nuit était très-sombre, les rues
étaient entièrement désertes, personne ne pouvait gêner les observations de madame de Véniac, qui
était décidée à les pousser aussi
loin que possible ; ce fut avec une
grande joie quelle aperçut de la
lumière dans une chambre du second, qui n'était pas ordinairement
habitée ; ses regards se fixèrent
aussitôt sur les deux fenêtres de
cette chambre ; à la multiplicité
des ombres qui se projetaient sans

cesse sur les rideaux, il était facile
de voir qu'il y régnait un grand
mouvement; aussi la Marquise fut-
elle intérieurement convaincue que
cette chambre était celle où l'on
avait relégué mademoiselle Duplessis. Cette découverte ne fit
qu'accroître son courage; elle était
décidée à passer la nuit en observation, plutôt que d'abandonner
la partie : il y a des âmes, à qui la
vengeance donne de l'énergie.

Minuit venait de sonner. A la
clarté, qui jusqu'alors avait brillé
dans la chambre, succéda une lumière pâle : ce changement annonçait le départ de quelqu'étranger.
La Marquise redoubla d'attention;
au bout de quelques minutes, la
porte de la rue s'ouvrit, et elle vit
sortir de la maison deux personnes,

que l'obscurité l'empêcha d'abord
de reconnaître, mais qu'elle se décida à suivre jusqu'à leur demeure.
A la lueur vacillante du réver-
bère, elle crut cependant distinguer Gaspard, donnant le bras à
une femme, dont la taille lui rappela celle de la magicienne du bal
de M. Hérart. Elle les accompagna
jusqu'à l'hôtel de la Mission, où ils
s'arrêtèrent, et là, elle reconnut
tout-à-fait le Religieux et la sœur
Félicie!

Cette découverte était d'un prix
inestimable aux yeux de la Marquise; elle lui donna sur-le-champ
la clé de l'intrigue religieuse, our-
die par le Missionnaire, et la connaissance de tous les ressorts qu'on
avait fait jouer pour s'emparer de
l'imagination de mademoiselle Du-

plessis. La Marquise aurait volontiers cédé la moitié de la succession
Toussaint, pour que toute la ville
pût apprendre à l'instant même la
conduite du Missionnaire : mais
l'honneur et la tranquillité d'une
famille respectable réclamaient son
silence. Elle se tut quoiqu'à regret; dans sa joie, elle prit le chemin du presbytère de M. Millin,
et ce ne fut que lorsqu'elle arriva
devant la porte de l'église St.-Jac-
ques, qu'elle s'aperçut qu'il était
beaucoup trop tard pour chercher
à voir le curé. Madame de Véniac
s'en retourna chez elle , où elle
trouva sa famille et ses domestiques, qui l'attendaient avec inquiétude : ils furent agréablement surpris en la voyant paraître ; la Marquise était d'une gaîté folle, d'une

*

humeur charmante, qui étonnait tous ceux qui avaient l'habitude de l'approcher. On pense bien qu'elle ne ferma pas l'œil de la nuit, et que, dès que le jour parut, elle s'empressa de retourner chez M. Millin.

Les personnes dont on avait eu soin d'entourer mademoiselle Agathe depuis son séjour chez madame Gerbier, avaient dignement secondé les projets de Gaspard; les unes annoncèrent à la jeune fille que son dessein de renoncer au monde faisait l'objet de tous les entretiens de Rochefort; que non-seulement les gens sages approuvaient cette pieuse résolution, mais encore que sa conversion était un sujet d'admiration pour les âmes les plus éclairées. Un autre fei-

guant de l'instruire en secret de ce
qui s'était passé dans sa famille depuis son départ, lui disait à l'oreille
que sa belle-mère était furieuse, et
que sa sœur avait assisté le lendemain de sa fuite à un petit bal de
société ; une troisième affirmait
que M. Hérart avait appris sans
chagrin le changement de sa future
belle-fille, et que son fils ne s'affectait de la rupture de son mariage,
que comme un négociant s'afflige
d'une opération de commerce man-
quée. Agathe, qui ne pouvait révoquer en doute ce qu'on lui rappor-
tait, s'imaginait qu'en effet sa fuite
était connue ; et quand bien même
sa résolution eut été moins invariable, Agathe n'aurait pas osé en
changer : tant elle redoutait de devenir un objet de raillerie et de

pitié pour le monde ! Ainsi l'amour-propre et la dévotion s'unissaient dans le cœur de mademoiselle Duplessis, pour augmenter son aveuglement et sa crédulité.

Ce fut la sœur Félicie que l'on chargea de sonder Agathe sur ses dispositions, relativement à sa fortune. L'intention de la jeune fille était d'en faire l'entier sacrifice ; elle ne croyait pas pouvoir trop payer le salut de son père, et la rémission de ses péchés. Gaspard donna les plus grands éloges à cette honorable restitution : on convint que l'acte de donation serait passé le lendemain, vers neuf heures du matin, en présence de M. Monsorand, et de quelques autres personnes pieuses, qui devaient, par leur présence, ajouter à la dignité

de cette sainte action : ces choses-
là avaient été arrêtées quelques
momens avant que la Marquise
aperçût le couple religieux sortir
de chez madame Gerbier.

Ambroise, seul dans son ora-
toire, passait en revue toutes les
actions de sa journée; il pesait en
silence toutes les accusations d'Eugénie, et s'étonnait de ne pas leur
trouver autant d'invraisemblance,
qu'il l'avait pensé dans le premier
moment. De petits événemens qui
avaient à peine frappé son imagination, revinrent en foule à sa mémoire, et se présentèrent sous un
nouveau jour à sa pensée : les actions des autres ne sont justement
appréciées que par ceux qu'elles
n'intéressent point. Le jeune Religieux, dans l'âme duquel l'amour

le plus ardent avait remplacé le plus ardent fanatisme, ne pouvait être favorable à l'homme, dont il ne voulait plus partager les travaux. Son esprit saisissait au contraire avec avidité tous les prétextes que les souvenirs mettaient à sa disposition, pour diminuer l'estime qu'il avait autrefois portée à Gaspard ; il ne craignait maintenant qu'une seule chose, c'est que Gaspard fût innocent de l'enlèvement de mademoiselle Agathe ! Avec quelle reconnaissance il aurait accueilli l'indiscret qui lui aurait fourni les preuves de la complicité du Missionnaire !

Lorsque le Religieux et Félicie rentrèrent à l'hôtel, Ambroise n'était point couché. Félicie avait rendu compte à Gaspard de la vi-

site de mademoiselle Eugénie, et
de l'impression que sa douleur
avait produite sur le cœur du jeune
Missionnaire. Elle voulait savoir si
Ambroise, fidèle à ses promesses,
avait tenté de faire quelques recherches, et ses premiers mots furent
une plaisanterie amère sur l'ascendant de la jeunesse et de la beauté.
Le reproche blessa le compagnon
de Gaspard, mais il n'y répondit
point. Félicie revint à la charge;
cette fois, sa critique s'exerça avec
plus de douceur sur ceux qui, peu
affermis dans les devoirs de la religion chrétienne, cherchaient à dérober à Dieu les âmes qu'il appelait à le servir; qui, animés d'un
zèle mondain, se plaçaient indiscrètement entre les intérêts du
ciel et les affections de la terre. Le

jeune Missionnaire se tût encore ;
Gaspard s'apercevant qu'Ambroise
dédaignait de répondre à la sœur
Félicie, crut devoir lui adresser directement la parole. Est-il vrai,
mon Frère, lui dit-il, qu'ayant reçu
la visite de mademoiselle Eugénie,
qui protestait contre la vocation de
sa sœur, vous lui ayez promis votre assistance pour l'arracher à nos
saints autels ?—Une famille entière pleure la disparition d'une
jeune personne, dont elle ignore
la destinée actuelle ; j'ai promis,
mon Père, de chercher à savoir
quelle est la retraite de l'infortunée
qui a abandonné ses parens.—Et
avez-vous déjà commencé vos perquisitions, dit en souriant Félicie ?
—Oui, Madame, répondit très-
sèchement Ambroise ; c'était la

première fois qu'il se servait du mot Madame, en parlant à Félicie. — Ont-elles été heureuses ? répliqua celle-ci, en s'efforçant de paraître calme et gaie. — Très-heureuses, dit Ambroise, et sa pensée se reportait à l'église de Notre-Dame ! — Vous savez donc quelque chose, répliqua Félicie intriguée du plaisir qui brillait dans les yeux du jeune Religieux ! Oh ! tout ce que je désirais savoir, répondit-il de nouveau. — Quoi, vous avez découvert la retraite de mademoiselle Agathe ? — Ce nom rappela Ambroise à lui-même. La retraite de mademoiselle Agathe, répliqua-t-il, en appuyant sur sa phrase, qu'il prononçait avec cette singulière gravité ? était-elle donc si difficile à découvrir ? A cette interpellation, le vieux Missionnaire effrayé lança à Félicie un regard qui peignait toute sa pensée. Félicie chercha à le rassurer par un coup-d'œil sévère, et par l'impassibilité de son maintien; mais Ambroise, à l'affût des moindres signes, avait lu la crainte de Gaspard sur son visage; et maintenant il était sûr que mademoiselle Agathe n'avait pas encore quitté la ville de Rochefort.

J'ai cru, dit Félicie, en badinant avec les coins de son voile, que la jeune fille était partie pour quelque couvent. — Vous le soupçonniez ce matin, Madame, répondit le jeune Missionnaire, vous avez même fait entendre à mademoiselle Eugénie que la chose était probable; je pense que votre in-

tention était alors de la préparer
au coup qui doit la frapper, et de
l'accoutumer à l'idée qu'elle ne reverrait jamais sa sœur; mais je suis
certain qu'à présent vous n'oseriez
pas lui affirmer que mademoiselle
Agathe est partie. — Pourquoi
cela? Je vous assure, mon Frère,
dit avec beaucoup de sang-froid et
de douceur l'adroite Félicie, que je
lui tiendrais le même langage, parce
que je n'en sais pas plus maintenant
que lorsqu'elle est venue me trouver. Je blâme les parens qui cher-
chent à faire violence à leurs enfans, et qui emploient leur autorité à les détourner de faire leur
salut. Certes, on ne me verra jamais
protéger une influence aussi cou-
p.ble; je la combattrai, au contraire, de tout mon pouvoir, et

avec les armes de notre sainte religion ; mais j'ignore les motifs qui
ont pu déterminer la fuite de mademoiselle Agathe, et je crois que
si Dieu l'a aidée dans cette louable
entreprise de passer sa vie à le servir, il lui prêtera la force d'accomplir son vœu, et il la fera triompher
des embûches que le démon vou-
drait lui tendre. Après ces paroles,
Félicie salua les deux Religieux,
et rentra dans son appartement.

Ah ! mon Frère, dit Gaspard à
Ambroise, dès qu'ils furent seuls,
combien vous devez être fâché d'a-
voir affligé cette sainte femme !
Eh ! quoi, c'est au moment où son
amitié pour vous se signale de toutes
les façons ; c'est au moment où elle
cherche à vous faire obtenir des
dispenses pour la prêtrise......—

Que dites vous, interrompit Ambroise ? Des dispenses !... A moi !
— Son zèle veut vous attacher irrévocablement au culte de l'autel, et vous procurer le seul titre qu'un chrétien puisse ambitionner. — Moi, prêtre ! répéta Ambroise ! et ses lèvres murmurèrent tout bas le *jamais* qu'il avait déjà prononcé.

— Oui, mon cher Ambroise, répondit Gaspard, qui se méprit à l'exclamation de son interlocuteur ! peut-être éprouvez-vous une certaine défiance de vous-même ; peut-être craignez-vous un serment qui doit pour jamais vous détacher du monde ; mais les obligations de notre état sont plus faciles à supporter que vous ne le pensez ; et notre profession a des jouissances qui ne nous permettent point d'en-

vier celles d'autrui. Je ne vous par-
lerai point du respect et de la considération qui s'attachent à nos pas:
depuis le peu de temps qu'un saint
zèle vous a jeté dans mes bras, vous
avez été à même de juger, par vos
yeux, des égards multipliés dout
nous sommes l'objet. Je ne vous
dirai rien de la liberté dont nous
jouissons, vous avez pu l'apprécier:
seulement elle vous prouve la confiance que l'on a dans la pureté de
nos mœurs et dans la sainteté de
notre conduite. Dieu vous garde
d'en abuser jamais! mais enfin nous
sommes faibles, et souvent le Très-
Haut abandonne ses créatures pour
mieux les éprouver; alors il est au
moins heureux d'échapper à la
honte, et de ne pas causer de scandale. Un mystère profond couvre

nos fautes et notre repentir; coupables aux yeux de la Divinité, nous n'en paraissons pas moins innocens aux yeux des hommes, qui ne cessent de respecter en nous le caractère sacré dont nous sommes revêtus. La fortune ne nous est pas toujours aussi contraire que nous nous plaisons à le répandre, et des dignités éminentes viennent souvent récompenser nos talens et notre piété, ou payer notre prudence et nos services. Tandis que, dans la société, les grands se déchirent, qu'une ambition mondaine agite leur existence, presque toujours orageuse, les puissances de l'Église se soutiennent entre elles, et se prêtent un mutuel secours! Ce n'est jamais pour l'intérêt d'un seul que nous cherchons à triom-

II.   11 *

pher : les puissans de la terre
tombent au moindre choc, et de-
bout au milieu des ruines, nous
résistons aux secousses qui ébran-
lent ou renversent les trônes. Jetez
les yeux autour de vous, et comparez la haine qui parcourt tous
les rangs, l'intérêt qui assiége toutes les places, la vengeance qui s'attache à tous les hommes du monde
que le génie où le hazard élève
un moment ; comparez, dis-je, le
ravage qu'exercent toutes ces passions humaines avec l'harmonie,
le désintéressement et l'oubli qui
règnent parmi nous.... Nul d'entre
nous n'a été poursuivi pour ses
opinions, quel qu'ait été son dévouement à la cause de l'homme
qu'on a reconnu pour un monstre,
le lendemain du jour qu'il a cessé

d'être Roi; jamais il n'a porté la peine de ce dévouement!... Mais, qu'ai-je besoin de vous peindre tous ces avantages......: vous les connaissez aussi bien que moi; et votre esprit, votre sagesse, votre piété, ne sauraient manquer d'en trouver de plus grands encore dans la noble carrière où vous allez entrer! A ces mots, il s'approcha d'Ambroise; il lui prit la main, qu'il serra avec affection, et l'engagea à ne plus blesser ainsi le cœur de leur compagne. Ambroise ne répondit à Gaspard que par une promesse vague.....; il se retira dans sa chambre. Gaspard alla rejoindre Félicie, avec laquelle il convint de hâter la donation de mademoiselle Agathe, de redoubler de soins afin de cacher sa retraite, et de se mettre déjà en mesure pour quitter Rochefort dans les premiers jours du mois de mars.

Ambroise avait écouté le Missionnaire sans lui faire la moindre observation ; mais ce que ce dernier prenait pour de la conviction et du recueillement, n'était rien moins que cela. Ses idées, relativement à Gaspard, étaient totalement changées ; et dans la disposition actuelle de son âme, ce que le jeune Religieux eût appelé dévotion autrefois, il le nommait hypocrisie maintenant. Le révérend Père avait fort mal choisi le moment pour prêcher son disciple ; et quelques-unes des paroles mielleuses, des expressions jésuitiques qui lui étaient échappées, remplirent le cœur d'Ambroise d'horreur et de mépris.

En effet, de tous les avantages
du sacerdoce, celui de pouvoir cacher les actions de sa vie, était
celui sur lequel Gaspard s'était ap-
pesanti avec le plus de plaisir, et
cette distinction n'avait pas échappé
à Ambroise ; le jeune Missionnaire
s'attachait moins encore au discours
de Gaspard, qu'au sens qu'il lui
prêtait intérieurement, et Dieu sait
ce qu'il découvrait au fond des
saintes paroles du vieux Religieux.

Dès qu'Ambroise fut seul, ses
pensées se reportèrent avec plus
de force que jamais sur Eugénie !
Le bonheur empêche de dormir, et,
toute la nuit, Ambroise fut éveillé.
La scène de l'église ne sortait pas
de son cœur : elle le remplissait
d'un sentiment délicieux. Non-seulement il cherchait à se rappeler

les moindres paroles d'Eugénie, mais il imitait les inflexions de sa voix, afin de pénétrer plus avant dans la pensée de la jeune fille, et de donner à ses expressions une valeur d'après laquelle il calculait ses espérances; il repassait dans sa mémoire jusqu'au plus léger mouvement de surprise ou de plaisir échappé à mademoiselle Duplessis; il interprétait ses regards, ses soupirs, sa tristesse, et jusqu'à son silence; chacun de ces signes devenait pour lui un nouveau motif de crainte ou d'espoir.... Eh! n'a-t-elle pas prié pour moi!... s'écriait-il avec une sorte de délire, lorqu'il doutait des sentimens de la jeune fille; n'a-t-elle pas prié pour moi!... et cette seule action dissip ait ses inquiétudes; elle était

pour lui un garant sacré de l'amour
d'Eugénie.

Ambroise était presque certain
que mademoiselle Agathe était dans
la ville; l'humeur que ses réponses
avaient donnée à Félicie, l'embarras
de Gaspard, étaient, à ses yeux, des
indices de leur participation dans
cette affaire. Ambroise hâtait de
tous ses vœux le retour du jour,
afin de pouvoir aller porter cette
nouvelle dans la maison du négociant. L'intérêt qu'il prenait à mademoiselle Agathe, s'augmentait de
tout l'amour qu'il ressentait pour
Eugénie. De combien de sentimens différens cette jeune personne avait été agitée, depuis son
entrevue avec le Religieux : ce mot
jamais ! résonnait sans cesse à ses
oreilles, elle le mêlait à toutes ses

pensées ; et , pendant le reste de la
soirée, elle le répéta vingt fois à
voix basse. Avant de se coucher,
elle examina ses desseins , ses es-
quisses ; elle s'arrêta avec complaisance devant tous les portraits
d'Ambroise qu'elle avait ébauchés,
sourit à celui qu'elle avait revêtu
d'une pelisse de hussard, resta plus
long-temps devant celui qui était
surmonté d'un casque de dragon ,
déchira un croquis où le jeune
Religieux était affublé de son man-
teau , et en brûla les morceaux en
répétant : *Jamais!...* oh ! non ,*jamais!* Des rêves d'amour vinrent
remplir la nuit d'Eugénie , et le
temps de son sommeil s'écoula dans
les plus tendres illusions.

Le jour venait de paraître, Ambroise sortit avec précaution de

l'hôtel, et se dirigea vers la maison Duplessis ; tout y était calme et tranquille. Ne trouvant personne dans la loge du concierge, il traversa la cour, et monta un petit escalier, qui le conduisit à un long corridor. A la seule idée de respirer sous le même toît qu'Eugénie, un doux frémissement parcourut tous ses membres !... Le Religieux s'avança et se trouva devant une porte, qu'il crut reconnaître pour celle de l'appartement où il était entré la première fois ; il la poussa légèrement, elle s'ouvrit ; c'était une espèce d'antichambre, au fond duquel se trouvait une seconde porte qui céda de même aux efforts d'Ambroise !.... Qu'on juge de sa surprise et de son ravissement !.... La chambre où il se

II.   12

trouve, est celle d'Eugénie !... Un seul voile cache à-demi les attraits de la jeune vierge, qui s'échappait de son lit.... L'étonnement la rend immobile; elle n'ose ni parler, ni marcher; seulement, par un mouvement machinal, ses mains se sont croisées sur sa poitrine..... Ambroise est, comme elle, privé de la parole; son âme a passé dans ses regards; à-la-fois audacieux et suppliaus, ils alarment et rassurent tour-à-tour la pudeur et la tendresse d'Eugénie! En proie à la plus dangereuse séduction, Ambroise veut faire un pas :.... mademoiselle Duplessis étend sa main, jette un cri!.... mais Ambroise est à ses pieds! il presse, il embrasse ses genoux : son visage est en feu; ses bras, qu'un frémisse-

ment involontaire, agite, entou-
rent le corps d'Eugénie; ses yeux
dévorent tous ses charmes :... et sa
bouche ne s'entr'ouvre que pour
répéter, avec ivresse, le serment de
l'adorer toujours.

Eugénie s'arme de rigueur; ses
regards irrités repoussent l'audacieux, que sa main, au contraire,
semble retenir: au milieu de la terreur qui s'est emparée de son âme,
un sentiment d'amour a trouvé
place... Le danger de sa position
s'offre à sa pensée dans toute son
étendue, et cependant l'exaltation
d'Ambroise, la violence de sa passion semble diminuer à ses yeux
l'énormité de son offense... Elle
le plaint,... et des larmes coulent
de ses yeux : elle n'ordonne plus à
Ambroise de fuir,... elle l'en prie,

elle l'en conjure... Elle implore
sa pitié... Elle l'invoque contre
elle-même... Ambroise n'entend
rien, ses sens ont maîtrisé son
cœur; et cette fièvre de volupté,
qui s'est emparée de tout son être,
fait tressaillir la jeune fille, dont
le reproche allait expirer sur ses lèvres:.,.lorsque ces mots, prononcés
d'une voix chevrotante, arrivent à
l'oreille des deux amans!.... *Elle
est sauvée!.,. elle est sauvée!...*
—*Sauvée!* dit Eugénie, qui, à
l'instant, ne pense plus qu'à sa
sœur! —*Sauvée!* dit Ambroise,
qui ne pensait qu'à Eugénie: et ce
mot porta la paix dans l'âme d'Eugénie, le trouble et le remords
dans l'âme du Missionnaire.

Soudain, on entendit le bruit des
pas précipités et mal assurés du

curé Millin, qui, tout le long du corridor, répétait: *Elle est sauvée...*
— Ah ! Mademoiselle, dit Ambroise, que je suis coupable !....
— Retirez-vous, dit Eugénie; et cet ordre avait dans sa bouche toute la douceur d'une prière : retirez-vous, Ambroise, répéta-t-elle, en voyant la honte et la confusion du jeune homme : il sortit, en jetant sur mademoiselle Duplessis un regard plein d'amour et de repentir. Rentré à l'hôtel, il donna des ordres pour qu'on allât lui chercher un tailleur :.... il ne voulut point du converti. A peine fut-il seul, qu'il mit en pièces ses habits religieux, qui lui rappelaient de si étranges souvenirs. La vue de ce costume lui faisait mal, elle redoublait l'horreur que lui inspirait

sa conduite, et semblait l'accuser d'une séduction infâme, quand il n'était coupable que d'avoir cédé à l'attrait d'un sentiment dont il avait imprudemment cherché à braver la puissance.

Les mots du Curé avaient attiré tout le monde sur son passage; on le suivit dans la chambre de madame Duplessis. En moins d'un instant, Eugénie fut habillée; l'émotion qui se lisait encore sur son visage fut attribuée à l'heureuse nouvelle apportée par M. Millin. Il annonça à toute la maison que, le soir même, on reverrait mademoiselle Agathe, et que la découverte de sa retraite était due aux soins empressés de la Marquise de Véniac. Le bon Curé ne perdait jamais l'occasion de réhabiliter un de ses paroissiens.

Eugénie se félicita intérieurement
d'avoir eu recours à la marquise.

On renvoya les domestiques;
resté seul avec madame Duplessis
et sa fille, M. Millin raconta comment la chose s'était passée : on se
rappelle que madame de Véniac
attendait avec impatience le lendemain. Elle se présenta au presbytère à sept heures précises.... Ré-
jouissez-vous, je sais tout ; j'ai tout
découvert, s'était-elle écriée, dès
que le bon Curé avait pu l'entendre,
et elle lui fit part de sa faction de
la veille. M. Millin et la marquise
s'étaient mis en route sur-le-champ;
à quelques pas de la maison de madame Gerbier, ils avaient rencontré le notaire Fraudin, qui, connaissant madame de Véniac pour
une des amies les plus zélées des Mis-

sionnaires, ne se fit aucun scrupule
d'entrer en conversation avec elle
sur l'objet du rendez-vous auquel
il ne doutait pas qu'elle fût aussi
appelée ; et non-seulement il con-
firma ses interlocuteurs dans leurs
soupçons sur la retraite d'Agathe, mais encore il leur apprit
les intentions bienveillantes de la
jeune fille pour les Religieux.

Ils arrivèrent ensemble chez madame Gerbier, et ce fut la sœur
Félicie, déjà rendue à son poste, qui
vint leur ouvrir : elle fut on ne peut
plus surprise en voyant paraître
les deux personnes qui accompa-
gnaient le notaire : celui-ci n'y fit aucune attention, et se mit en devoir
d'exercer les fonctions de son ministère. Le Curé, placé à côté de
mademoiselle Duplessis, qui ca-

chait sa figure dans ses mains, et à laquelle il n'avait pas encore adressé la parole, examinait avec sang-froid tous ces préparatifs. La marquise cherchait à se dédommager par l'expression de ses regards et la multiplicité de ses gestes du silence auquel elle était forcée : enfin Gaspard parut : le mécontentement du R. Père fut extrême, d'apercevoir ses deux ennemis assis au milieu des témoins invités à la réunion. Le Missionnaire regardait le bon Curé comme son mauvais génie. — Je viens, dit M. Millin à la maîtresse de la maison, au nom de la famille Duplessis, m'opposer à la confection d'un acte qu'elle désapprouve d'avance, et qui a tous les caractères de la séduction et de la violence,

—Qu'osez-vous dire, Monsieur, répliqua Gaspard? Le notaire stupéfait posa sa plume, et regarda tous les assistans! — Agathe, dit le Curé, en prenant la main de la jeune Duplessis, dont le visage était baigné de larmes : Agathe, avez-vous donc résolu d'abandonner à jamais les parens qui ont élevé votre enfance? êtes-vous décidée à payer d'ingratitude les soins qu'ils vous ont prodigués, à reconnaître leur tendresse par votre indifférence, et à répandre sur les jours de leur vieillesse l'affliction et le désespoir? Parlez, jeune fille, ouvrez-moi votre cœur : vous sentez-vous assez de forces pour vivre éloignée de tout ce qui vous fut cher? assez de courage pour braver la douleur de votre mère, et vous

exposer à la malédiction paternelle? — Grand Dieu! dit Agathe, mon père pourrait me maudire! — Monsieur le Curé, s'écria
Gaspard, c'est envain que vous
cherchez à jeter l'effroi dans l'âme
de cette sainte fille : Dieu l'appèle
à lui, elle n'écoutera que la voix
du ciel! — Mon père me maudire!
répéta une seconde fois Agathe!
Lorsque c'est pour lui que je me
dévoue! lorsque c'est pour le sauver que je renonce au monde, que
je fais le sacrifice!..... — De vos
biens, acheva la Marquise avec
vivacité; car enfin il faut que je
parle aussi à mon tour.. Votre fortune! voilà le Dieu qui opère votre
conversion! sans elle, vous auriez
pu vous damner à votre aise : personne n'y aurait mis le moindre

obstacle; et comme Gaspard cherchait à lui imposer silence!... Oh ! dit-elle , vous n'y réussirez point, j'ai promis de m'attacher à vos pas, de vous démasquer , et j'y parviendrai : j'ai été votre dupe, ce temps est passé ; vous pouvez me compter aujourd'hui au nombre de vos plus terribles adversaires.... Ah ! il vous faut absolument des fortunes ! vous voulez accaparer le bien des vieux garçons et des jeunes filles ! vous voulez !.... Un regard suppliant de M. Millin mit fin aux reproches de la Marquise...., et ce seul signe du Curé fit plus que toutes les menaces du Religieux ! — De pareilles invectives, répondit Gaspard , en affectant le calme de la modération , ne sauraient arrêter mon zèle pour les intérêts de la

sainte cause; et je ne souffrirai pas
qu'on vienne sans mission interrom-
pre le plus auguste des sacrifices...

— J'en suis fâchée, répliqua la
Marquise, que, cette fois, il ne fut
plus possible d'arrêter; j'en suis fâchée : mais il ne s'accomplira pas;
et c'est au nom de toute la famille,
la famille Duplessis, que la fuite de
Mademoiselle a plongée dans le chagrin, que nous nous opposons à tout
ce qui pourra être entrepris ici !

— Cette association de la Marquise frappa tout le monde d'étonnement. Si Mademoiselle veut se
consacrer à Dieu, continua madame de Véniac, elle ne doit pas
craindre de témoigner ce desir à sa
famille; mais c'est mal se disposer à
faire son salut, que de commencer
par fuir ceux qu'on a tant de raison

d'aimer et de respecter. La religion n'érige pas l'ingratitude en vertu, et les lois de la société défendent qu'un enfant dispose de lui, même en mariage, sans le consentement de ses parens. Or donc, nous déclarons nulle la donation que M. le notaire se disposait à écrire; et comme je le connais particulièrement, que je sais qu'il est le seul dans notre ville qui fasse de semblables opérations, je lui promets devant témoins vingt-cinq louis, s'il veut refuser son ministère à une mauvaise action qui ne lui rapportera pas davantage.

Maître Fraudin se leva sur-le-champ, et renfermant ses besicles dans leur étui : Je vois, dit-il, que les parties ne sont point d'accord sur l'objet de la discussion qui nous rassemble ; ma conscience ne me permet pas d'influencer l'opinion des contractans, et j'attendrai qu'un nouvel avis m'annonce que rien ne s'oppose plus à la donation des biens de Mademoiselle : mais, comme il n'est pas juste que je perde à la fois mes frais d'acte, et ceux qu'a pu m'occasionner mon déplacement, (s'il devient inutile,) j'accepte, avec reconnaissance, la proposition de madame la Marquise, et j'aurai l'honneur de me présenter chez elle, si personne ne se présente chez moi.

Pendant toute cette scène, Agathe n'avait pas ouvert la bouche, elle se contentait de soupirer, de pleurer à l'écart. La personne la plus intéressée paraissait la plus étrangère à tout ce qui se passait;

elle vit sortir le notaire sans en témoigner ni plaisir, ni regret; cependant, elle crut éprouver au fond de son âme un peu moins d'ardeur pour sa conversion, depuis que le Curé l'avait instruite du chagrin qu'elle causait à sa famille. Le caractère de M. Millin lui était trop connu pour qu'elle pût le soupçonner d'artifice, et le souvenir de l'attachement de ses parens était trop récent, pour que les séductions de Gaspard et de Félicie, eussent pu réussir à l'arracher tout-à-fait de son cœur.

Le Curé s'approcha de mademoiselle Duplessis, et l'étonna bien davantage, en lui révélant toutes les démarches de sa sœur, que l'on avait si méchamment accusée de légèreté, et en annonçant à made-

moiselle Agathe que, grâces à la
discrétion de ses amis, son imprudence était encore un secret pour
la presque totalité des habitans de
Rochefort.

Madame Gerbier se trouvait dans
une situation fort embarrassante ;
elle avait consenti à recevoir mademoiselle Agathe, sous la condi-
tion expresse que personne n'en
saurait rien : maintenant que sa retraite était connue, madame Gerbier n'osait plus la garder, dans la
crainte de se faire quelque mauvaise affaire avec les parens. Monsorand, le menton appuyé sur la
pomme de sa canne, secouait la
tête, et murmurait entre ses dents
qu'il était inoui qu'on empêchât
une jeune fille de prendre le voile,
et de faire du bien à l'église ; tandis

II.   12*

que madame d'Apreval, qui se promenait de long en large dans la chambre, répétait à tout moment, qu'il n'y avait plus ni mœurs, ni religion.

Félicie qui, jusqu'alors, n'avait pris aucune part à tout ce qui s'était passé s'avança vers Agathe, et lui dit: Mon silence a dû vous prouver que ces biens, dont on fait sonner si haut l'abandon, n'ont jamais été l'objet de nos moindres désirs; votre salut seul fut l'unique but où tendaient tous nos vœux, et nous espérons encore, qu'en restant toujours maîtresse de votre fortune, vous ne changerez pas de sentimens. —Tais-toi, magicienne infernale! qui, sous le costume d'une bohémienne, as achevé ce que ton digne complice avait si heureusement commencé, tais-toi, dit la Marquise; ton patelinage et tes prophéties sont sans pouvoir. Cette jeune fille, à laquelle tu t'adresses, ne peut plus rien sans sa famille; notre digne Curé va aller prévenir madame Duplessis du succès de nos démarches, et moi, j'attends ici son retour!.... aucune puissance humaine ne pourra m'en arracher: je ne crains ni le bruit, ni le scandale! Le ton décidé de madame de Véniac imposa à tout le monde; le bon Curé voulait toujours modérer son zèle: mais certaines âmes ne peuvent que passer d'un excès à un autre. Après quelques minutes d'un entretien secret avec Agathe, M. Millin partit. Il recommanda mademoiselle Duplessis aux soins de madame Gerbier, qui paraissait désirer de réparer ses torts, et l'avertit qu'elle répondait de la jeune Demoiselle.... —-Et moi aussi, j'en réponds, s'écria la Marquise!

CHAPITRE XXVI ET DERNIER.

Ambroise défroqué. — Retour de mademoiselle Duplessis. — Départ des Missionnaires.

Le Curé était à peine sorti qu'il s'entama une scène violente entre la Marquise, Gaspard, Monsorand et madame d'Apreval : tout le monde, à l'exception de Félicie, qui observait sans rien dire, et de madame Gerbier, que sa position forçait à abandonner le parti du Missionnaire ; tout le monde, dis-je, accabla de reproches madame de Véniac. On passa des menaces aux

prières, des prières aux injures ;
rien ne put l'effrayer ni la séduire.
Elle tint ferme, et cette discussion
si déplacée, dans laquelle les interlocuteurs ne gardèrent aucune
mesure, eut du moins l'avantage
d'éclairer un peu la religion d'A-
gathe, et de lui apprendre à connaître les gens, au pouvoir desquels
elle était tombée.

La Marquise était radieuse : je
vous l'avais promis, disait-elle à
Gaspard, dont le désappointement
était extrême, que vous me trouve-
riez toujours prête à faire échouer
vos projets ; j'espère que je ne vous
ai pas manqué de parole! Votre
ingratitude à mon égard vous coû-
tera cher ! J'attends d'un moment à
l'autre mon neveu le baron de B...,
maréchal-de-camp, et celui-là ser-

vira ma vengeance! — Le baron de B..., dit Félicie, avec une sorte d'inquiétude; car ce nom lui rappelait le jeune colonel pour lequel elle avait abandonné Gaspard. — Le baron de B...., répéta à son tour celui-ci avec humeur! car non-seulement il était également connu du colonel; mais encore il redoutait la présence de cet ancien rival. Ce mouvement n'échappa point aux regards de la marquise, qui, sans soupçonner toute la vérité, ne put s'empêcher de penser que les deux hypocrites avaient quelques raisons de craindre l'arrivée de son neveu; et alors elle ne cessa plus de les en menacer, en ajoutant avec malice tout ce qu'elle crut capable d'augmenter leur effroi.

Une partie de ces détails furent

donnés par le Curé à madame Duplessis. La découverte de la retraite
choisie par la jeune fugitive lui
causa une joie excessive; son mari,
dont elle venait de recevoir des
nouvelles, lui annonçait qu'il
suivrait de très - près sa lettre,
et elle désirait de tout son cœur
pouvoir lui cacher l'incartade de
sa fille. Eugénie pria M. Millin de
la conduire auprès de sa sœur; on
convint qu'elle resterait avec elle
toute la journée; et pour que personne ne soupçonnât l'absence de
mademoiselle Agathe, il fut arrêté
qu'elle rentrerait à la maison paternelle, le soir même, à la nuit
close : il y avait déjà trois jours
qu'elle en était absente.

Gaspard et Félicie étaient encore chez madame Gerbier lorsque

le Curé et Eugénie arrivèrent; ils s'entretenaient entre eux des moyens de résistance à opposer à la famille Duplessis. La sœur Marie-Victoire voulait faire tête à l'orage; mais Gaspard n'osait combattre ouvertement, il n'était pas sûr d'ailleurs d'être secondé par la jeune Duplessis, dont le zèle religieux se refroidissait avec la même facilité qu'il s'était exalté. La vente des chapelets, des reliques et des absolutions; les quêtes à domicile; les offrandes volontaires, avaient abondamment fourni aux recettes de la Mission; et la caisse de la société était dans le meilleur état. Gaspard regardait ce second échec comme une preuve que le règne des Missionnaires tirait à sa fin dans la ville; et ces raisons, unies à la

II. 13

crainte de voir arriver le baron
de B...., lui faisaient regarder la
retraite comme le parti le plus prudent et le plus sûr.

Dès qu'Eugénie aperçut sa sœur,
elle courut se jeter dans ses bras,
et l'accabla de caresses : aucun mot
désobligeant, aucun reproche ne
vint troubler cette scène atten-
drissante, à laquelle le caractère
vif et gai d'Eugénie donna bientôt
la tournure la plus aimable. Le
Missionnaire, qui ne pouvait se
soustraire aux épigrammes de la
Marquise et aux regards mépri-
sans d'Eugénie, sortit, la rage dans
le cœur, menaçant tous ceux qu'il
laissait après lui de l'excomunica-
tion de l'Eglise. Monsorand et
madame d'Apreval imitèrent celui
qu'elles appelaient le saint homme.

Félicie n'abandonnait qu'à regret sa victime ; mais enfin elle se décida à partir et à aller ensevelir son dépit et sa honte à l'hôtel de la Mission, où l'attendait un événement encore plus étrange.

Le Curé laissa les deux sœurs ensemble, ainsi que madame Gerbier et la Marquise : celle-ci était enchantée. Le plaisir qu'elle éprouvait était nouveau : aussi se promit-elle de faire encore quelques bonnes œuvres dans le cours de sa vie. Le curé reçut avec joie cette promesse, il engagea madame de Véniac à l'exécuter le plutôt possible.

En rentrant au presbytère, M. Millin trouva un jeune homme qui l'attendait ; la figure de cet étranger ne lui était pas inconnue, et cependant il lui aurait été impossible d'assigner l'endroit où il l'avait vu. J'étais le frère Ambroise, dit avec humilité le religieux défroqué. Le vieux curé recula d'un pas..... — Vous !.... Et pourquoi ce déguisemement, demanda-t-il d'un ton sévère?—Veuillez m'entendre, répondit Ambroise, et permettez que je dépose dans votre sein mes peines et mes secrets, mes erreurs et mon repentir. — Parlez , dit M. Millin, dont ce peu de mots prononcés avec candeur, avait détruit la prévention défavorable ; parlez, et soyez sincère : il n'y a pas de fautes, à votre âge surtout, qu'on ne puisse réparer.

Ambroise ne déguisa rien au Curé. Une vieille tante, de laquelle il attendait toute sa fortune, avait

dirigé son éducation, et tourné
toutes les idées de son neveu vers
une dévotion outrée ; elle poussa
la précaution jusqu'à éloigner de
lui tout ce qui aurait pu l'éclairer
ou l'instruire. Il atteignait sa vingt-
déuxième année lorsque sa tante
mourut. Sa mère, à laquelle il venait d'être rendu, fit tous ses efforts pour le détourner d'embrasser la carrière ecclésiastique, mais
ce désir s'accrut de la résistance
qu'on lui opposa ; et l'arrivée de
Gaspard, dans les environs de la
Rochelle, l'affermit encore dans ce
projet. Le jeune Religieux, encou-
ragé par l'indulgence de M. Millin,
lui confia ses plus secrètes pensées,
et lui fit part de la résolution où il
était de renoncer à un état pour
lequel il n'avait ni le courage ni la

vertu nécessaires, afin d'en remplir tous les devoirs. Le ton de franchise et de bonne foi, qui régnait dans la confession d'Ambroise, lui gagna le cœur du Curé : Jeune homme, lui dit-il, votre aveu me plaît, parce qu'il est sincère, et que j'ai en horreur l'hypocrisie. J'eus un frère, comme vous il s'aveugla sur sa vocation ; il abandonna le monde avant de le connaître, et se repentit de l'avoir quitté, quand il ne lui était plus possible d'y rentrer : ç'eût été un excellent père de famille, il devint un mauvais prêtre. Je vous félicite d'avoir été assez heureux, pour ne pas l'imiter entièrement : bénissez la main de Dieu qui s'est servi d'une de ses plus faibles créatures, pour vous arracher à l'hor-

reur de devenir un prêtre sacri-
lège!

Le curé demanda à Ambroise,
et obtint de lui les renseignemens
nécessaires sur sa famille. L'ex-Mis-
sionnaire possédait une fortune
honnête, et tout annonçait en lui
une âme généreuse, un caractère
loyal et plein d'honneur. L'amour
qu'il ressentait pour Eugénie, était
une de ces passions qui, invincibles
dès leur naissance, décident en un
instant du sort de la vie entière, et
portent en elles le germe d'une félicité immense, ou d'un malheur
éternel. M. Millin, que le ciel avait
donné à la terre pour cicatriser
toutes les plaies, et guérir toutes
les blessures, versa le baume de
l'espérance sur celles d'Ambroise.
Le jeune homme pria le curé de

lui permettre de le prendre pour
guide, et de se placer dans sa dé-
pendance absolue, jusqu'au moment où il obtiendrait d'Eugénie
le pardon de sa faute, et de sa famille la permission d'aspirer à sa
main. M. Millin consentit au désir
d'Ambroise.

La vue de l'habit religieux d'Ambroise, mis en pièces par lui-même,
causa une fureur épouvantable à
Gaspard, qui voyait tous ses projets échouer l'un après l'autre; Félicie commença à perdre un peu
de son assurance : cependant elle
persistait encore à rester dans la
ville. Les crimes anciens dont nous
nous sommes rendus coupables,
disait-elle à Gaspard, ne sont qu'un
témoignage de plus de la bonté de
Dieu à notre-égard ; puisqu'il a

daigné nous remettre dans la voie
du salut et récompenser notre repentir , en nous permettant de
contribuer à la prospérité de son
église : vous ignorez l'ascendant
qu'il est facile de prendre sur l'esprit des autres, en leur confessant
ses propres fautes. Il y a dans ce
noble aveu une sorte de grandeur
d'âme, qui réduit au silence nos
ennemis. Osez dire publiquement:
Je fus un grand pécheur, et tout
le monde vous prendra pour un
saint.

Oubliez-vous ce baron de B...;
dit Gaspard ; je le redoute de toutes les manières !....— Enfant que
vous êtes , répondit-elle , à peine
s'il m'en souvient ! — Nous étions
ensemble lorsque son adresse parvint à nous séparer, et je re-

doute.... — Savais-je alors ce que je faisais, dit d'un ton caressant la sœur Félicie? Au surplus, j'aime à vous donner une nouvelle preuve de mon attachement, et je suivrai aveuglément votre volonté, quand même elle se trouverait entièrement opposée à la mienne : cette promesse rassura le Missionnaire, qui pressa tout pour son départ.

La nuit arriva bien lentement au gré d'Eugénie et de sa sœur; dès qu'elles purent sortir en sûreté de chez madame Gerbier, elles se dirigèrent vers la maison paternelle ; la Marquise les accompagnait, Eugénie lui témoignait sa reconnaissance avec sa vivacité et son abandon accoutumés, et madame de Véniac était toute fière de se trouver pour quelque chose dans une action qui rendait le bonheur à une famille estimable.

Toute la maison Duplessis était aux aguets; dès que le vieil André, qui s'était placé en sentinelle, aperçut les deux sœurs, il courut à la maison annoncer l'heureux retour de mademoiselle Agathe. Les domestiques, par un sentiment de convenances qu'on n'était pas en droit d'attendre d'eux, évitèrent de se trouver sur le passage de leur jeune maîtresse.

Avec quel plaisir madame Duplessis revit sa belle-fille! avec quel transport elle la pressa sur son cœur!.... Agathe ne pouvait que pleurer, elle voulut essayer de demander le pardon de son imprudente conduite; mais les caresses de sa belle-mère lui fermèrent la bouche. Eugénie présenta la Marquise à sa famille; madame de Véniac fut comblée de remercîmens; les domestiques, réunis dans la chambre, lui témoignèrent un respect, une admiration qui la comblèrent de joie..... O brave et digne femme! Dieu vous rende aussi heureuse que nous le sommes, dit la vieille bonne d'Agathe, en pressant le bas de la robe de la Marquise sur ses lèvres !

Tout-à-coup la porte s'ouvre, et l'apparition de M. Duplessis vient ajouter au bonheur de la famille; le ministre Hérart était avec lui. M. Duplessis, qu'on n'attendait point sitôt, ne montra aucun étonnement d'une réunion qui aurait dû lui paraître au moins extraordinaire; mais il s'avança vers Agathe, et lui dit avec sévérité, je sais tout.... puis radoucissant le son de sa voix, et j'ai tout pardonné. Madame Gerbier, dans la crainte d'encourir les reproches de la famille Duplessis, était allée trouver M. Hérart, auquel elle avait tout raconté; et celui-ci ayant rencontré son ami à quelques pas de la maison, l'avait préparé à la scène qui se passait chez lui.

M. Duplessis ne mit plus aucune différence dans l'accueil qu'il fit à ses filles. Eh! comment aurait-il pu en vouloir à Agathe? son dévouement n'était-il pas occasionné par un excès de tendresse filiale; seulement il lui annonça que son mariage était ajourné indéfiniment.

A ce mot de mariage, le bon Curé qui se tenait à l'écart, et s'é-

tait jusqu'alors dérobé aux bénédictions de la famille, se ressou-
vint qu'il s'était chargé d'une mission délicate, pour le succès de
laquelle il avait promis son secours... La confidence des amours
d'Eugénie et d'Ambroise surprit la
famille ; mais le récit de cette passion innocente intéressa tous les
cœurs ; et M. Hérart, l'inflexible
M. Hérart, ne put s'empêcher de
se joindre au Curé, pour obtenir
de M. Duplessis son consentement
à ce mariage. Le Négociant assura
le Curé, qu'il ne mettrait point
d'obstacle à cette union, si les
renseignemens qu'il se procurerait
sur son protégé lui étaient favo-
rables.

Tandis que la famille Duplessis
renaissait à la joie, que la fortune

du négociant s'asseyait sur des bases solides, qu'Agathe était rentrée sous le toit paternel, qu'Eugénie se livrait à l'espérance d'un mariage qui comblait tous ses vœux ; la Mission profitait de l'obscurité de la nuit pour abandonner, à la hâte, une ville qui ne lui offrait plus aucune espèce de ressources. Gaspard était triste et désespéré ; Félicie, toujours supérieure aux événemens, consolait son compagnon de voyage, en lui montrant le total des recettes religieuses, faites pendant leur séjour à Rochefort.

La Marquise fut désolée en apprenant, le lendemain, la fuite de la Mission ; elle fit tout son possible pour savoir vers quelle ville ils s'étaient dirigés : mais cette fois ses efforts furent inutiles. Il y a lieu de croire que Gaspard et Félicio abandonnèrent une profession qui n'était pas exempte de dangers; car, depuis leur départ de Rochefort, on n'a plus entendu parler de mauvais Missionnaires.

FIN.

TABLE

Des Chapitres du deuxième Volume.

—

II. 13*

FIN DE LA TABLE DU DERNIER VOLUME.

ERRATA.

Ier. VOLUME.

Page 16, lignes 7 et 8, *il faut placer le secret en première ligne*, lisez : il faut placer en première ligne le secret.

Page 21, ligne 17, *remplira*, lisez : remplace.

Page 64, ligne 12, *faute*, lisez : faulx.

Page 86, ligne 10, supprimez *et*.

IIe. VOLUME.

Page 64, ligne 6, *une*, lisez : un.

Page 189, ligne 10, *contre*, lisez : sur.

Page 162, ligne 11, *pour n'en pas apprécier*, lisez : pour en apprécier.

Page 182, ligne 6, *affections*, lisez : afflictions.

SOUS-PRESSE.

POUR PARAÎTRE A LA FIN DU MOIS.

LES FEMMES, *ou Rien de Trop*, 3 volumes in-12; traduit de l'anglais, par madame Elisabeth De Bon. Ce roman qui jouit à Londres d'un grand succès, n'a rien perdu de son charme et de son originalité sous la plume de l'élégant traducteur, qui s'est chargé de le faire passer dans notre langue.

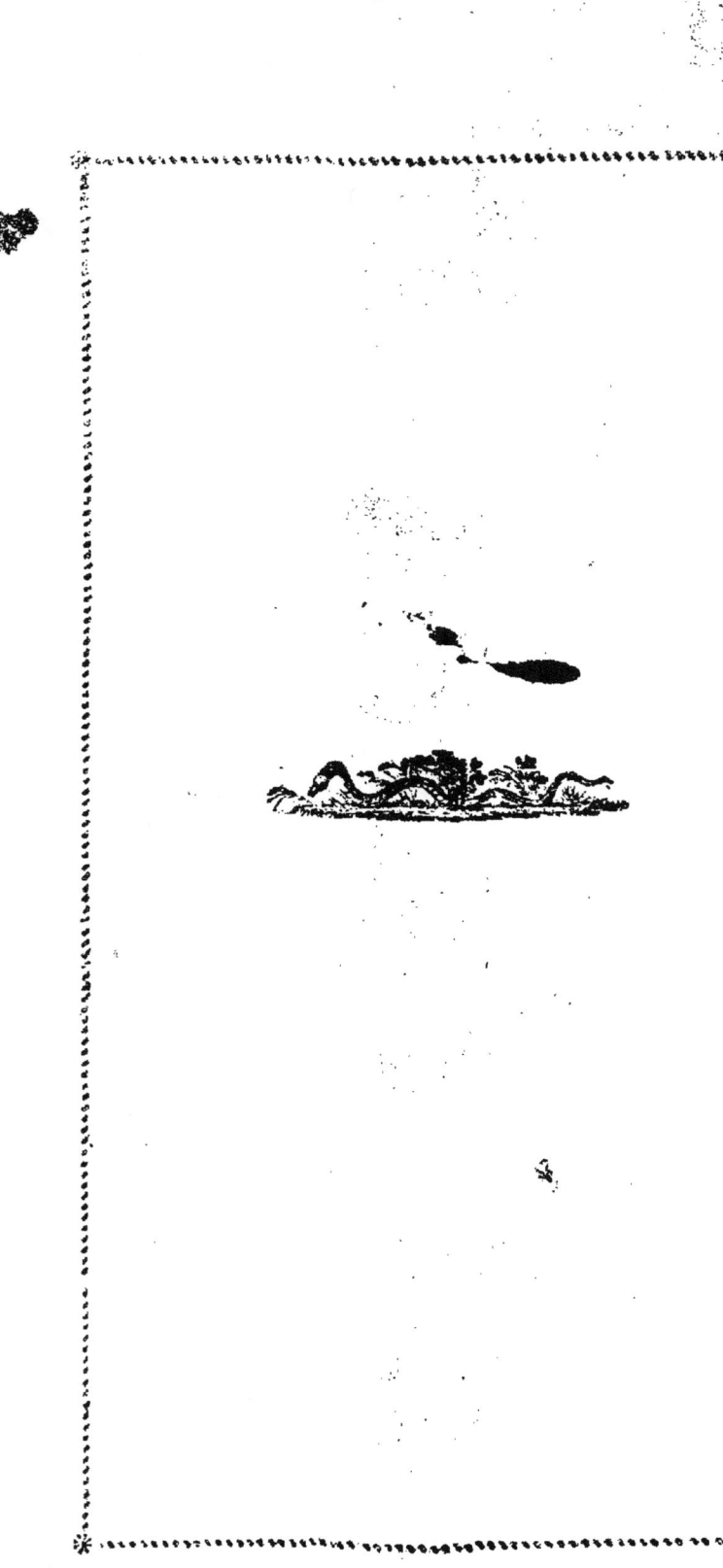